26年2か月
啄木の生涯

松田十刻

もりおか文庫

26年2か月

啄木の生涯

松田十刻

もりおか文庫

○表紙画・装丁・ブックデザイン　ナカムラユウコウ

はじめに　かくて日記は公になった

石川啄木《いしかわたくぼく》の生涯を語るうえで、日記は欠かせない。

啄木が本格的に日記をつけたのは、旧制盛岡中学（現・岩手県立盛岡第一高等学校）の卒業を半年後に控えながら退学し、文学で身を立てようと上京した明治三十五年（一九〇二）秋からである。『秋韷笛語《しゅうらくてきご》』と題した日記を皮切りに、明治四十五年二月までのあいだ、啄木をとりまく出来事や人間関係などを克明に綴《つづ》った。そのなかには私娼婦との交わりまで描写した『ローマ字日記』も含まれている。

啄木は死期が迫ると、赤裸々な内容を含む日記を他人に読まれることを恐れた。晩年に親しくしていた丸谷喜市《まるやきいち》（のちに神戸商業大学〈現・神戸大学〉学長）に、次のように念を押した。

「俺が死ぬと、俺の日記を出版したいなどという馬鹿な奴がでてくるかもしれない。それは断ってくれ。俺が死んだら、必ず日記は全部焼いてくれ」

明治四十五年四月十三日、啄木は二十六歳で永眠した。

遺品のうち一束だけになった蔵書は親友の金田一京助《きんだいちきょうすけ》、遺稿類は晩年の親友だった土岐善麿《ときぜんまろ》(号は哀果《あいか》)が預かった。日記は未亡人となった節子が形見として残し、やがて父母らが暮らす函館へと持参した。節子も啄木から日記を燃やすように告げられていたが、どうしても灰にすることはできなかった。

大正二年(一九一三)四月、函館図書館(当時は私立)の岡田健蔵らは、館内に啄木文庫を設け、啄木会を組織した。一周忌の十三日には啄木追想会を開いた。岡田は翌日、市役所裏の豊川病院に入院していた節子を見舞い、啄木の遺稿類を寄贈ないしは寄託してくれるようにと申し入れた。

節子は五月五日、啄木と同じ肺結核で死去した。日記を含む遺稿類は節子の遺志にもとづき、節子の実父である堀合忠操《ちゅうそう》から、節子の義弟にあたる宮崎郁雨《いくう》(節子の妹ふき子と結婚)を介して同図書館に寄託された。

啄木の長女京子は函館の遺愛《いあい》女学校(現・遺愛女子高等学校)に在学中、須見正雄と恋に落ち、のちに結婚した。須見は京子の希望に応え、石川姓を名乗った。京子は昭和五年(一九三〇)十二月六日、急性肺炎で亡くなった。

昭和二十二年(一九四七)、再婚していた石川正雄は啄木の日記公刊を決意し、丸谷や宮崎、金田一らから同意をとりつけた。翌二十三年十月、『石川啄木日記』(世界評論社・全三巻)の第一回配本が刊行された。『ローマ字日記』を収録した第三巻は昭和二十四年三月に発売され、大きな反響を呼んだ。

　啄木は生前、作家としては大成しなかった。その名が広く知られるようになったのは、歌集『一握《いちあく》の砂』と『悲しき玩具《がんぐ》』がもてはやされてからである。前者は明治四十三年（一九一〇）十二月、後者は啄木の死から二か月後の明治四十五年六月、どちらも東雲堂書店から刊行された。

『一握の砂』には、東京で暮らしていた明治四十一年夏から明治四十三年まで詠んだ一千余首のなかから、啄木が選んだ五百五十一首が収められている。このうち約八割は、明治四十三年に詠んだものである。

『悲しき玩具』は、啄木が歌集「一握の砂以後（明治四十三年十一月末より）」としてノートにまとめてあった百九十二首に、土岐善麿が後日発見した紙片に書かれてあった「呼吸《いき》すれば、／胸《むね》の中《うち》にて鳴る音《おと》あり。／凩《こがらし》よりもさびしきその音《おと》！」「眼閉《めと》づれど、／心にうかぶ何《なに》もなし。／さびしくも、また、眼《め》をあけるかな。」の二首を巻頭に加えたものである。表題は、歌集に収められた「歌のいろ〳〵」（初出は東京朝日新聞）の最後の一行「歌は私の悲しい玩具である」からとった。

　どちらの歌集も三行書きである。土岐は明治四十三年刊行のローマ字歌集『NAKIWARAI』で三行書きをしており、啄木はこれにヒントを得たといわれる。ただし、『悲しき玩具』では句読点、感嘆符（！）、ダッシュ（—）、かぎカッコ（「」）

などを使い、一字下げをするなどの特徴がある。

本書でとりあげた短歌のうち句読点などがなければ『一握の砂』、あれば『悲しき玩具』に収録されたものである。短歌の表記やルビの振り方については、出版社によってまちまちである。本書では初版本を尊重して旧かなづかいとし、必要と思ったものにだけルビを振ったが、漢字については新字体とした。

ただし、本文に挿入した短歌は筆者の判断で選んだものであり、必ずしもそのときどきの情景や啄木の心情と一致するものではない。

それぞれのエピソードはさらに深く掘りさげることもできるが、本書は研究書ではない。啄木を知らない人たちにもわかりやすく、若い世代にも読みやすいように、かたくるしい解説などは避けながら、二十六年二か月の生涯を、筆者ならではの視点から浮き彫りにしたつもりである。

では、日記や歌集、書簡などをひもときながら、明治を駆け抜けた詩人の愛と苦悩の日々をたどるとしよう。

26年2か月　啄木の生涯——目次

目次

第二章　別離と流浪のはざまで

第三章　志を果たせぬままに

プロローグ　伝説化された情熱の詩人

昭和十四年（一九三九）六月三日、平沼騏一郎《きいちろう》内閣で海軍大臣を務める米内《よない》光政《みつまさ》、陸軍大臣の板垣征四郎《いたがきせいしろう》は、麹町《こうじまち》にある料亭「幸楽」に現れた。二人は盛岡中学の先輩と後輩である。

広間には、鹿島組社長の鹿島精一、アイヌ研究家で言語学者の金田一京助、『銭形平次捕物控』で一世を風靡《ふうび》していた作家の野村胡堂《こどう》、東京朝日新聞社編集局顧問の伊東圭一郎ら同窓生を中心に五十人ほどの岩手人が顔をそろえていた。

この日、盛岡中学の恩師、冨田小一郎《とみたこいちろう》の古希《こき》の祝いを兼ねた謝恩会が開かれ、冨田は新聞に「天下の果報者」と報じられた。海相と陸相を左右に座らせた写真は都内のデパートのショーウィンドーにも飾られた。

盛岡中学の略称である「盛中《せいちゅう》」という言葉は一種の流行語になり、校名は全国にとどろいた。冨田は、石川啄木にとっても恩師であった。

よく叱る師《し》ありき
髯《ひげ》の似たるより山羊《やぎ》と名づけて
口真似《くちまね》もしき

この歌は冨田をモデルに詠んだ歌である。

啄木は二十七年前に病死していた。生前、一部の人にしか知られていなかったが、死後、歌集『一握の砂』『悲しき玩具』をはじめ小説、評論などが若者の心をとらえ、愛読されていた。

これより三年前の昭和十一年には、日活の映画「情熱の詩人啄木」（監督・熊谷久虎）が公開された。哀調あふれる主題歌「春まだ浅く」は、「二・二六事件」（陸軍の一部青年将校を中心にした大規模なクーデター未遂事件）の暗い世相を反映してか、ちまたで流行した。

歌詞は、啄木の小説『雲は天才である』の一節「春まだ浅く月若き／生命の森の夜の香に／あくがれ出でてわが魂《たま》の／夢むともなく夢むれば……」の詩である。これに古賀政男が曲をつけた。盛岡市役所では現在も朝、正午、夕にこのメロディのチャイムを流している。余談だが、啄木を演じた島耕二はのちに監督に転じ、昭和三十七年に同名の映画のメガホンをとる。

啄木の生き方は映画によって美化されるようになっていた。

「この席に石川がいれば……」

金田一京助や野村胡堂などは、そのような思いにかられていた。

もしも啄木が生きていれば五十三歳。金田一らは生前の啄木を知っている最後の世代である。情熱の詩人と謳われる啄木の生涯はなかば伝説になっていたが、真実の姿を知っている彼らには、どことなく面映い気持ちがあった。

第一章　「白百合の君」と結ばれるまで

神童と呼ばれて

石川啄木は明治十九年（一八八六）二月二十日、岩手県南岩手郡日戸《ひのと》村（現・盛岡市玉山区日戸）の曹洞宗日照山常光寺《じょうこうじ》に、同寺住職の一禎《いってい》、母カツの長男として生まれた。ただし、前年に生まれたとの説もある。本名は一《はじめ》（便宜上、啄木で統一）。一禎とカツにはすでに十歳になる長姉サダ、八歳になる次姉トラがいた。

父一禎は嘉永《かえい》三年（一八五〇）、平舘《たいらだて》村（現・八幡平市平舘）の農家に生まれた。満四歳のときに村内の大泉院に預けられ、小僧となった。安政五年（一八五八）、八歳で得度《とくど》。慶応二年（一八六六）、葛原対月《かつらはらたいげつ》が住職として赴任。明治四年（一八七一）、対月が盛岡三ツ割（現・名須川町）の龍谷寺《りゅうこくじ》に赴任すると、翌年、対月を慕って同寺に赴き、役僧のとき対月の妹カツと恋に落ちた。

カツは弘化四年（一八四七）、盛岡（南部）藩士の工藤条作常房《つねふさ》の末娘として、現在の仙北町で生まれた。一禎より三歳年上になる。幼いとき寺子屋で一番の秀才だったといわれている。

一禎は対月の後ろ盾を得て、二十五歳の若さで常光寺の住職に就いた。啄木が生まれたとき、一禎は三十六歳、カツは三十九歳だった。だが、三人の子供はいずれも、僧侶が妻帯をはばかる慣例を理由に入籍させてはもらえなかった。

啄木はこの寺で生まれながら、工藤カツの私生児として役場に届けられた。妻子が石川家に入籍するのは、明治二十五年九月のことである。

石川一家は啄木が生まれた翌二十年三月、渋民の宝徳寺《ほうとくじ》に移り住んだ。十四世住職の遊座《ゆうざ》徳英が前年十二月に病没し、後任として一禎が転任したためである。

といっても、すんなりと決まったわけではない。遊座家を慕う檀家は子供が大きくなるまで代務住職を置くべきと主張した。一禎は義兄の対月に協力を仰ぎ、岩手県内にある曹洞宗の総領にあたる盛岡の報恩寺などに働きかけ、十五世の椅子を手にしたといわれる。宝徳寺は常光寺より寺格が高く、檀家の数も三倍にのぼる。ところが、本堂は明治十年に焼失しており、庫裏《くり》しかなかった。

生活の糧をなくした遊座家では、しばらくのあいだ寺に住まわせてほしいと申し入れたが、一禎は家族が多いことを理由に拒んだ。遊座家を不憫《ふびん》に思った檀家の一部は石川家に対して反感を募らせた。

一禎は明治二十三年に本堂を再建した。次第に檀家の信任を得るようになったが、就任時のしこりが檀家の間に複雑な影を落としていた。

啄木はこのような事情を知らないまま、跡取としてかわいがられ、わがままいっぱいに育った。とりわけカツは啄木を溺愛《できあい》した。二歳年下の妹光子はそのあおりを受けるように、兄ほどの愛情を注がれないままに大きくなった。

母われをうたず罪なき妹をうちて懲らせし日もありしかな
歌稿ノート『暇ナ時』

檀家の多くは石川家の長男が一禎の跡を継ぐものとばかり思っていた。ところが、啄木には住職になるつもりなど毛頭ない。このことが一因となり、遊座家を追い出したときと同じような災難が、やがて石川家に降りかかることになる。

明治二十四年五月二日、啄木は学齢より早い五歳（数え年六歳）で渋民尋常小学校に入学した。八歳年上の次姉トラは教育を受けておらず、一か月遅れで一年に入学した。啄木は年の離れた姉と学ぶことになった。

啄木は成績がよかった。明治二十八年三月には同小を首席で卒業した。まわりからは神童と呼ばれ、おだてられたが、のちに学業に挫折《ざせつ》し、小学校時代のことを複雑な思いで回想することになる。

そのかみの神童《しんどう》の名の
かなしさよ
ふるさとに来て泣くはそのこと

同年四月、盛岡高等小学校（現・市立下橋《しものはし》中学校）に進んだ。同小は市内の中心部を流れる中津川の左岸にあり、少し上流には下の橋が架かっていた。啄木は仙北組町四十四番戸（現・仙北町二丁目）の母方伯父、工藤常象《つねかた》のもとに住み、明治橋を渡って通学した。当時の明治橋は現在の橋より少し下流にある木造の橋だった。

同校先輩の金田一京助は初めて門の近くで啄木を見たとき、「色の白い利口そうな顔をしたかわいい男の子」と感じたが、まさかこの小さい子が高等小学校へ入るとは思いもしなかった。仲間うちでは啄木のことを「ふくべっこさん」というあだ名で呼んでいた。「ふくべ」とは、瓢箪《ひょうたん》を意味し、啄木は青瓢箪のようなきれいな肌をしていた。

広いおでこ（額）が目をひき、京助は初対面ながら思わずその額に触って「まあ、このおでこちゃん」と言ってみた。啄木はきっと睨みつけたが、そのとき口元から糸切り歯が覗《のぞ》いた。その表情が強く印象に残った。京助はまさか、その後、その子供と生涯の親友になるとは思ってもみなかった。

節子と恋に落ちる

明治三十一年四月、啄木は盛岡中学に入学した。

同校は、啄木が入学する前年に県尋常中学校から県盛岡尋常中学校、入学した翌年に県盛岡中学校、明治三十四年には県立盛岡中学校と改称するが、一般には盛岡中学と呼ばれていた。

当時の校舎は明治十八年に新築された洋風木造二階建ての建物で、白堊城《はくあじょう》と呼ばれていた。現在の中央通、盛岡地方裁判所の向かい、岩手銀行本店（旧・盛岡赤十字病院）がある場所である。

啄木の入学時の成績は百二十八人中十番目。盛中は難関校として知られており、啄木はそのなかでもトップクラスに入る優等生だった。

盛岡中学では身長によってクラス分けが行なわれており、背の高い順から甲乙《こうおつ》丙丁《へいてい》の四クラスに振り分けられた。甲組はノッポ組とかデカ組、丁はチビ組と呼ばれていた。背が低い啄木は丁組であった。

二年生には板垣征四郎、野村胡堂（本名は長一《おさかず》だが、胡堂で統一）、三年生には金田一京助、郷古潔《ごうこきよし》（のち三菱重工社長）、及川古志郎《こしろう》（のち海軍大臣）、田子一民《たこいちみん》（のち衆議院議長）がいた。入学時、京助も背が低く丁組である。ノッポ組の米内光政は五年生在学中に海軍兵学校を受験して合格、この年十二月に盛岡を旅立つ。

ちなみに、「啄木」の雅号が初めて使われるのは、「明星」明治三十六年十二月一日号である。それまでは本名一のほか、翠江《すいこう》や麦羊子《ばくようし》、白蘋《はくひん》の雅号で文学修業をしていた。在学中、啄木は盛岡高等小学校のときから親しかった金田一京助や伊東圭一郎と親交を深め、及川古志郎や野村胡堂と知りあった。

だが、なんといっても、啄木の人生を決定づけたのは、堀合節子である。

二人がお互いに深く心を寄せるようになったのは、入学した翌年といわれる。この年、啄木は長姉サダが嫁いだ田村叶《かのう》の住まいに厄介になった。節子の実家とは、目と鼻の先だった。現在の住所ではともに中央通三丁目になる。

盛岡高等小学校のとき机が一緒だった伊東圭一郎は、中学三年生のある日、啄木の下宿で節子への恋心を打ち明けられた。夕暮れどき、門の外まで見送りに出た啄木は、右側の五、六軒先を指さした。

「節子さんの家はあそこなんだよ。夕刻に門の前に出ると、節子さんも出てきて、二人の視線がぴったり合うんだよ」

啄木は、節子が今にも現れないかと期待するように大きな瞳を輝かせた。まだ恋のときめきを知らない圭一郎は胸が詰まり、無言でうなずいた。

わが恋《こひ》を
はじめて友にうち明けし夜のことなど
思ひ出《い》づる日

このとき節子は私立盛岡女学校（現・盛岡白百合学園）に通う女学生だった。

節子（戸籍セツ）は明治十九年十月十四日、忠操、とき子の長女として盛岡市上田新小路（与力小路）に生まれた。啄木とは同い年になる。

節子は色白で瓜実《うりざね》顔のため「トトコさん」というあだ名がつけられていた。「トトコ」（トトッコ・トドッコとも）とは蚕《かいこ》のことである。

忠操は安政五年（一八五八）に生まれた。若くして、陸軍軍人の下士官を養成する陸軍教導団に入るが、父親が失明したことから盛岡に帰り、岩手郡役所に勤めた。いかめしい容貌そのままに厳格で、子どもを厳しくしつけた。節子が啄木に胸を焦がしていたときには、兵事主任兼学務係を務めていた。

とき子は米内村（現・盛岡市米内）の士族石井家から堀合家に嫁いだ。

節子の下には二女ふき子、三女孝子《たかこ》、四女いく、長男赳夫《たけお》、二男了輔《りょうすけ》、五女ちよ、六女ろく子、三男克己が生まれた。当時、子だくさんの家は珍しくなかったが、乳幼児の死亡率が高く、早死にする子供も少なくなかった。堀合家でも九人のうち四女と五女は夭折し、長男は若くして亡くなる。

節子とふき子、孝子はそれぞれ二つ違いであり、近所でも知られた三姉妹だった。なかでも孝子は母親に似て一番の器量好しと評判だった。

孝子は啄木と節子が交わす恋文のメッセンジャー役をひきうける。啄木は小説『雲は天才である』に「善良なる女教師山本孝子女史」というぐあいに、孝子の名がついた女性を登場させている。ふき子は性格も考え方も父親似だった。そのせいか奔放《ほんぽう》な性格の啄木を煙たがり、意識的に避けるようになる。

恋多き少年

啄木は入学時には十番の成績だったが、明治三十二年（一八九九）四月、二年生に進級した時点では二十五番に下がっていた。

このころ、啄木は先輩の及川古志郎から土井晩翠《どいばんすい》の詩集『天地有情《てんちうじょう》』などの文学書を借りて読み、文学の手ほどきを受けていた。及川の服装を真似、まだ五月にもかかわらず、中津川に架かる中の橋たもとの豊川洋服店で、一円三十銭の白い夏服を購入し、ちょっとだけ肩をいからせて歩いた。

小柄だが、短い上着を身につけ、太くて長いラッパズボンを穿《は》いたハイカラな姿はバンカラな校風のなかで、ひときわ目をひいた。

花散れば
先《ま》づ人さきに白の服着て家出《いへい》づる
我にてありしか

春季大運動会では、伊東と二人三脚の競技に出たが、一着でゴールに入る寸前にわざと転んで喝采《かっさい》を浴びるなど、とかく目立ちたがり屋だった。
授業中、教師が黒板に向いたところで、あらかじめ開けておいた後方の窓やドアからすばやく脱けだし、旧盛岡城址《じょうし》（岩手公園・愛称は盛岡城跡《じょうあと》公園）でさぼるようになった。盛岡中学は内丸界隈にあり城址に近かった。

教室の窓より遁《に》げて
ただ一人
かの城址《しろあと》に寝に行《ゆ》きしかな

不来方《こずかた》のお城の草に寝ころびて
空に吸われし
十五《じふご》の心

節子への思いが募ると勉学どころではないのか、怠け癖に拍車がかかった。盛岡市仁王小路の一角（現・市立桜城小学校の向かい）に、渋民村の大地主である金矢家の子弟らがまとまって暮らしている一軒家があった。その一人だった金矢（のち和久井）信子の回想によれば、啄木と節子の出会いは、ともに盛岡高等小学校へ通っていたころまでさかのぼるという。

信子はいずれも同小へ通う弟光一、信子より一歳年下の叔父七郎、その妹りう子などと暮らしていた。啄木は同郷の七郎や光一と親しく、ちょくちょく家に顔を出していた。同小の同級生だった信子と節子は大の仲良しだった。その関係で節子も遊びにやってきた。当然のように啄木と節子は金矢の家でかちあう。いつしか二人は親しく話をするようになった。

同小を卒業した春、信子は節子を連れて渋民の実家に案内した。ところが、変哲のない田舎まちとあって見るところもない。そこで宝徳寺を訪れた。実家に帰省していた啄木は、いきなり二人の女学生が目の前に現れて、びっくりした。

三人は本堂や境内《けいだい》などでかくれんぼに興じた。啄木は秘密の暗がりに節子を案内したものなのか、それとも示しあわせて一緒に隠れる場所を探したものなのか、信子は二人の態度を見て「あやしい」とにらんだ。

節子と信子は明治三十二年四月、私立盛岡女学校に入学（二年生に編入）した。堀合家の筋向かいには板垣家があり、節子と同級の玉代がいた。堀合家には、滝沢村篠《しの》木《ぎ》から盛岡中学に入学した縁戚の山崎廉平が下宿していた。廉平は啄木と同級だったことから一緒に通学していた。

啄木は廉平に会うのを口実に、怖い親父の忠操がいないのを見計らってはあがりこむようになった。

仁王小路には、啄木より一級下で雫石から出てきた上野《うわの》広一《こういち》が住んでいた。彼は図画担当の教師宅の一室を間借りしていた。付近に暮らしていた盛岡中学の生徒は、近くの岩手山神社の境内に集まってはキャッチボールに熱中した。啄木はけっこう速い球を投げていたという。

仲間は啄木の下宿先に集まり、駄菓子屋で買った南部煎餅《せんべい》や焼き芋などを頬張っては時を過ごした。

いつしか盛岡中学と私立盛岡女学校の生徒同士も親しくなり、正月のカルタ会、茨島《ばらじま》（現在のＩＧＲいわて銀河鉄道・厨川《くりやがわ》駅周辺の一帯）でのキノコ狩りなどを楽しむようになった。玉代の父親は茨島の岩手種馬所に勤務しており、啄木らはよく茨島へでかけた。

茨島《ばらじま》の松の並木《なみき》の街道を
われと行《ゆ》きし少女《をとめ》
才をたのみき

この歌は玉代を詠んだものである。啄木は玉代や信子にも好意を抱いていた。ときには皆で渋民村まで歩いて行き、金矢家や宝徳寺に押しかけた。寺ではお供え物の落雁や餅をふるまった。信子をはじめとした金矢家の子弟や啄木、節子、玉代が渋民を訪れたときのことである。やはり宝徳寺でかくれんぼをしたとき、啄木と節子がいなくなり、みんなで探しまわるという一幕があった。

啄木は節子にひかれていたが、気が多かったのか、中学で国語教師をしていた田島道蔵の娘にも夢中になり、田島家をひんぱんに訪問していた。啄木は早熟なうえに、さまざまな女性の魅力に敏感な恋多き少年であった。

啄木は盛岡中学時代、比較的恵まれた生活を送っていた。豊かではなかったが、汗水流してアルバイトに精をだす必要もない。だからこそ節子に恋心を抱いたり、文学をたしなむ余裕があった。

啄木の人生には鉄道が深くかかわっている。啄木の次姉トラ（のちに通称トミ子）は母方伯母の海沼イヱの家で手伝いをしていたとき、下宿人の山本千三郎と出会い、明治三十年八月に結婚した。山本は日本鉄道株式会社に勤務しており、明治三十二年六月、盛岡駅から上野駅に転勤となった。

二年生になっていた啄木は夏休みになると、義兄を頼り、初めて上京した。ほぼ一か月間、山本家に居候し、浅草や銀座などを見学してまわった。啄木は日々脱皮しているような大都会の喧騒《けんそう》に目を奪われた。

ストライキ事件で盛中に幻滅

明治三十三年（一九〇〇）七月、三年生の啄木は担任の冨田小一郎に引率され、船越金五郎や阿部修一郎ら七人と、陸中海岸の盛《さかり》（大船渡市盛町）や釜石へ修学旅行した（伊東ら二人は一関まで）。このとき啄木はビールを飲んでいる。

この年、啄木は及川古志郎から野村胡堂を紹介された。野村は「杜陵吟社《とりょうぎんしゃ》」の同人だった。同社は盛岡中学教諭だった猪川静雄《いかわしずお》の家塾「猪川塾」に集っていた塾生による俳句の会である。

顧問は原達《とおる》（号は抱琴《ほうきん》）だった。達は、のちに「平民宰相《へいみんさいしょう》」と呼ばれる原敬《たかし》の甥にあたる。父親（敬の兄恭《ゆたか》）の家は、啄木の下宿先の斜め向かいにあった。

原達は盛岡中学から東京府立第一中（現・都立日比谷高校）に転じると、正岡《まさおか》子規《しき》に師事し、俳誌『ホトトギス』に投句するなど若き俳人として注目を集めていた。達は東京と盛岡を往復し、杜陵吟社の同人を指導していた。

啄木は野村を通じて、原達や猪川浩（箕人）、岩動孝久《いするぎたかひさ》（露子《ろし》）などを知る。

さらに、及川から「短歌をやるんだったら、金田一（京助）くんと交わった方がいい」と教えられ、大沢川原《おおさかわら》小路の金田一宅を訪れるようになった。

この年四月、与謝野寛《ひろし》（号は鉄幹《てっかん》）が主宰《しゅさい》する東京新詩社《しんししゃ》の機関誌『明星』が創刊されていた。京助（号は花明）は新詩社の同人として『明星』に作品を発表しており、啄木は創刊号から借りて食い入るように読んだ。

啄木はいろんな意味で真似がうまかった。たとえば及川に文学指導を受けていたときには及川、金田一と親しくなると金田一の筆跡そっくりの字を書いていた。

啄木と節子の恋愛が進んだのは、明治三十四年（一九〇一）だといわれる。思春期にあった二人は青い殻を脱ぎ捨てようとしていた。

この年二月、盛岡中学においてストライキ事件が起きた。

背景には地元の教師と、東京や他県からやってきた教師との軋轢《あつれき》があった。多田綱宏校長は両派の融和に努めたが、数学担当の瀬戸虎記や英国留学の経験がある英語担当の斯波《しわ》貞吉などのハイカラな教師が辞職してしまった。

憤慨した野村胡堂は二月のある日、四年生の生徒二十人ほどと話し合ったうえ、多田校長宅を訪れ、「古い先生を辞めさせてほしい」と直談判《じかだんぱん》した。

ところが一向に改善されなかったため、ストライキに踏みきった。といっても、当初は授業のボイコットなどは想定しない穏やかなものだった。これに三年生も同調し、二月二十五日から一部教師の授業を拒んだ。

きっかけは三年生に人望が厚かった英語担当の岡島献太郎までが辞めると言いだしたことにある。放課後、生徒たちは級長の阿部修一郎の呼びかけに応え、招魂社《しょうこんしゃ》の社務所に集まった。招魂社は岩手護国神社の前身だが、五年後に盛岡八幡宮境内に移されるまでは、盛岡中学に近い内丸にあった。

生徒たちは多田校長への具申書を議決し、賛同者は署名、捺印した。なかには招魂社に祭られた旧盛岡藩士で勤王《きんのう》の志士として名高い目時隆之進や中島（嶋）源蔵をきどって血判《けっぱん》するつわものもいた。

具申書は前夜、阿部、佐藤二郎、啄木の三人によって巻紙にまとめられていた。改善要求の項目は五十七件にも及び、このなかには八幡町の遊郭《ゆうかく》に登楼《とうろう》しているとの噂がある教師に対する糾弾《きゅうだん》も含まれていた。

北条元利県知事は事態を重くみて、ストライキの扇動者と目されていた岡島に解決を託した。三月二日、杜陵館《とりょうかん》（現・盛岡バスセンターの向かい）に集まった三、四年生は岡島の説得に応じ、学年末試験を受けた。

啄木は学年百三十五人中八十六番の成績で四年生に進級した。

四月十日、北条知事の指示を受け、教職員の大異動が発令された。多田校長は休職し、岡島は辞職した。山羊のあだ名で慕われていた冨田小一郎も、まもなく八戸中学へ転出した。ほとんどの教師が休職や依願退職、転任となり、定員二十八人のうち留まったのは中立派の四人に過ぎなかった。

新任の山村弥久馬校長は厳罰主義で臨み、事件を大きくした四年生を特に厳しく監視させた。試験も四年生だけが雨天体操場に集められ、着席などの合図はラッパで行われた。それまでの自由闊達《かったつ》な校風は、すっかり失われてしまった。

「こんなかたくるしい盛中なんて、盛中なんかではない」

啄木はすっかり幻滅した。

ストライキ思ひ出でても
今は早や吾《わ》が血躍《をど》らず
ひそかに淋《さび》し

五月九日、啄木は阿部修一郎や伊東圭一郎らと英語を自習したり、雑誌などの論評をしたりする「ユニオン会」を旗揚げした。会の名は英語のテキストにあやかった。五月末、杜陵吟社主催で、第二高等学校（東北大学の前身のひとつ）に入学していた金田一京助の送別会が開かれた。

数日後、京助は胡堂や啄木らを、姉が経営する旅館清風館に招待し、返礼の歌会を開いた。互選の結果、京助が最高点となった。啄木は次点だったが、自信を強めた。このあと全員にライスカレーがふるまわれた。

九月に回覧雑誌『爾伎多麻《にぎたま》』が発刊され、啄木は翠江の号で短歌三十首を掲載した。十二月三日から翌三十五年元旦にかけて七回、岩手日報に「白羊会詠草《はくようかい》」として、同じく翠江の号で二十五首を発表している。白羊会は啄木が盛岡中学の瀬川深、小林茂雄、岡山儀七、金矢七郎、野村長一、猪川浩らと結成し、自ら主宰していた短歌グループ（研究会）である。

鉱毒の被災地に義援金を送る

明治三十五年（一九〇二）一月二十九日夜、啄木はユニオン会の伊東圭一郎や阿部修一郎ら五、六人とともに、呉服町の小野弘吉の家に集まっていた。呉服町通りは現在、「もりおか啄木・賢治青春館」（旧国立第九十銀行）前の通りにあたる。

中学生の高学年ともなれば、とかく異性の話になりがちだが、その晩は足尾鉱毒事件の被災地に義援金を送る件で話しあっていた。

前年十二月、社会活動家で元衆議院議員の田中正造は、開院式から帰る天皇に直訴を企てた。この一件が大々的に報じられ、鉱毒問題への関心が高まっていた。

「我々もひとつ、被災農民のために何かをやろうじゃないか」

「義援金を送るのは賛成だが、どうやって集めるかだ」

皆が腕組みをしているところへ誰かが駆けこんできた。

「八甲田山で青森第五連隊が遭難したそうだ。岩手日報社で号外を出す」

「それじゃ、みんなで号外をさばいて、義援金にしようじゃないか」

「それがいい」

たちまち話がまとまった。

伊東は前年に創刊された三陸新聞、小野は岩手日報を配達していた。伊東の場合、一か月の配達料は二円五十銭。ちなみに盛岡中学の月謝は一円五十銭だった。

三陸新聞は、この年八月に施行される第七回衆議院総選挙に初出馬する原敬のために創刊された。原といえば、前年十月に帰省した際、盛岡中学で講演している。原は「独立心を養成し、標準語を覚えるように」などと訴えた。

啄木は原の甥にあたる原達と面識があったこともあり、原敬を強く意識していた。のちに上京したときも、「原敬に会ってきた」などと与謝野寛（鉄幹）に得意げに話す。だが、啄木の日記には、年賀状を出した一覧に原敬の名があるものの、実際に会ったという記述はない。原敬の日記にも啄木は一切登場しない。

さっそく小野が岩手日報社とかけあった。皆は刷りあがったばかりの号外を抱えると、内丸や本町、材木町、八幡町などへ向かった。余談だが、のちに繁華街として発展する大通はまだなかった。菜園の田畑が埋め立てられ、大通が開町するのは昭和六年のことである。

「号外！　号外！　号外は一銭」

道行く市民を呼びとめては号外を売り歩いた。なかには「釣りはいらん」と五銭を握らせる奇特な人もいた。

号外は、一月二十三日から八甲田山中で雪中行軍の訓練中だった青森第五連隊の遭難を伝えていた。弘前を進発した第三十一連隊は三十七人の特別選抜だったこともあり、一人の犠牲者も出さなかったが、第五連隊は二百十人の参加将兵のうち百九十九人が凍死した。そのうち百三十八人が岩手県出身者で占められていた。

雪中行軍は日露関係が緊迫するなか、酷寒地での戦闘を念頭に入れたものだったが、日本陸軍始まって以来、最悪の遭難事故となった。

遭難者の名前は判明したものから随時発表される。啄木らは二晩ないしは三晩続けて号外を売り歩いた。後日、全国各地の新聞社は遭難者遺族のための義援金も募集したが、ユニオン会の仲間は足尾鉱毒事件の義援金として、内丸にあったキリスト教会に二十円を寄託した。

啄木はこの月、自分が主宰する白羊会の詠草で、「夕川《ゆふがは》に葦《あし》は枯《か》れたり血《ち》にまどふ民《たみ》の叫《さけ》びのなど悲しきや」と、鉱毒事件を詠んでいる。ただし、岩手日報に掲載された「白羊会詠草」の二十五首には含まれていない。

カンニングがもとで退学

啄木は相変わらず節子と文学に熱をあげていたが、勉学とは相性が悪かった。

四年生終了の学年末試験の結果は百十九人中八十二番、平均点は七十点から六十六点と下がっていた。渋民で神童と呼ばれた当時の面影はない。しかも、この成績にはからくりがあった。

啄木は好きな英語や国語などはそれなりに勉強したが、数学（代数・幾何《きか》）は大の苦手で、はじめから匙《さじ》を投げていた。落第せずに済んだのは阿部修一郎や小野弘吉などの助けをかりてカンニングを働いていたためである。

啄木は電光石火の早業《はやわざ》で、ほかの生徒に紙片をまわす特技があった。さっさと答案用紙に答えを書きこむと、二、三番目に提出し、悪びれた様子もみせず、悠然《ゆうぜん》とした足どりで教室のドアを開けて出てゆく。

だが、どこかに油断があったのか、ついに馬脚《ばきゃく》を現した。

五年生に進級してまもない四月十七日、啄木は「試験中に不都合の所為《しょい》があった」として譴責《けんせき》処分を受けた。ただでさえ、啄木はストライキ事件後、学校側から要注意人物としてマークされていた。

このころには節子との恋愛も学校側に知られ、眉をひそめられていた。

若い男女二人が仲むつまじく並んで歩いているだけで、大人からは目を剥《む》かれる時代である。啄木と節子の相思相愛ぶりは盛岡中学だけでなく、私立盛岡女学校でも問題になっていた。学校側は保証人を変えるように迫り、啄木は四月二十一日、士族の米内謙次郎（伯父葛原対月の娘婿）から義兄の田村叶への変更届を出した。

普通ならこれに懲《こ》りてカンニングをやめるところだが、啄木はよほど数学に自信がなかったのだろう。

　七月十五日、第一学期の試験最終日、二時間目の代数の試験のとき、今度は特待生の狐崎嘉助《きつねざきかすけ》を巻きこんで不正を働いた。これを試験官の教師が見逃さなかった。その日の職員会議で譴責、答案無効の処分が決定した。保証人の田村が学校に呼びだされ、監督責任をとがめられた。啄木は学校に居づらくなった。

　夏休みが終わり、初秋の風が吹いていた九月二日、校内の掲示所に啄木（掲示名は本名の一）と狐崎の譴責処分、狐崎の特待生取消の処分が発表された。自尊心の強い啄木にとっては耐え難い恥辱《ちじょく》である。狐崎から特待生の権利を奪ってしまったことへの自責《じせき》の念も重なった。

　この日、山村校長は生徒指導に関する厳しい訓示を行った。簡略すれば、生徒は下宿先など宿所の入口に「盛岡中学校生徒〇〇」と書いた札を張り、外出は高帽、正服または校帽袴を身につける、教師はときどき生徒の下宿先を訪問し、祭日などには繁雑な場所にでかけて監視するといった内容だった。

　教師は宿舎に生徒がいないときでも部屋に入り、勝手に机の中身を調べるらしいという噂まで広まった。このような学校側の締めつけによって、さながら啄木は風紀を乱す張本人のような印象をもたれた。

「ああ、いやだ。いやだ。こんな学校になんかいたくない！」

啄木は心の中で叫んでいた。

師も友も知らで責めにき

謎に似る

わが学業《がくげふ》のおこたりの因《もと》

ユニオン会の仲間に「学校はつまらないから、やめる」と告げると、「あと半年で卒業じゃないか。しんぼうしろ」と説得された。啄木は情けなかった。家族や友人を説き伏せる動機でもあれば、すぐにでも退学したかった。

鬱々《うつうつ》とした日々を送っていた啄木のもとに、『明星』最新号（明治三十五年十月一日号）が届いた。

「おっ、ここに載っている！」

啄木は「白蘋《はくひん》」の号で掲載されている短歌一首に釘づけになった。そこだけ活字が浮きあがる。

「血に染めし歌をわが世のなごりにてさすらひここに野に叫ぶ秋」

ひさしくなかった自信がみなぎってくる。文学仲間が短絡的な行動をとらないようにと諭すなか、『明星』はすさみがちな心を照らした。

「これで東京に出られる！」

啄木の迷いは吹っきれた。文学仲間に『明星』を示し、退学の意志を伝えた。仲間は翻意《ほんい》をうながしたが、啄木は聞き入れなかった。

啄木は渋民にもどると、両親に「盛岡中学を退学する」と告げた。父一禎と母カツは思ってもいなかった話をされて気が動転した。

「もうすぐ卒業じゃないか。どうしてやめるんだ？」

このとき一禎は五十二歳、年上のカツは五十五歳だった。娘二人を嫁がせたあと、手塩にかけてきた長男をやっとのことで卒業させられる。そう思っていた矢先のことである。落胆《らくたん》するのも無理はなかった。

「東京の与謝野先生が私の文才を認めてくれている。すぐ上京するようにと催促の手紙をもらっている」

啄木はいつしか、自分に都合のいい嘘をつくようになっていた。自分の短歌が掲載された『明星』や東京在住の文人からもらった手紙などを見せ、「文学で身を立てる」と言葉巧みに語りかけ、納得させた。

啄木は一学期、百四時間しか授業を受けていなかった。欠席時数はほぼ二倍の二百七時間を数えた。一学期の成績は作文、修身、代数、図画が「成績不成立」、英語訳解、英語文法、歴史なども「戊《ぼ》」（百点満点で三十九点以下）だった。前年八月に制定された校則では、「学年末成績課目四十点以上、総課目平均六十点以上を及第とする」と定められている。

啄木はこのままでは翌年三月に確実に落第する。名門の盛岡中学では落第は珍しくはない。だが盛岡高等小学校で「学業善、行状善、認定善」で通した英才としての自尊心が許さない。啄木は落第の烙印《らくいん》を押される前に先手を打ったともいえるだろう。学校側がそれとなく退学の勧告をした可能性も否定できない。

啄木は「家事上ノ都合」を理由に「退学願」を提出し、十月二十七日に受理された。十六歳、学生生活とのあっけないほどの決別であった。啄木は年を経るにつれて盛岡中学時代のことを懐かしく思い返すことになる。

盛岡《もりをか》の中学校《ちゆうがくかう》の
露台《バルコン》の
欄干《てすり》に最一度《もいちど》我《われ》を倚《よ》らしめ

ちなみに、啄木が詠んだバルコン（バルコニー）は正面玄関の上にあった。大正元年八月、現在地の上田三丁目に移転してから校舎は三度建て直され、平成十一年十二月に使用開始された四代目の現校舎にバルコンはない。

文学で身を立てんと旅立つ

啄木は十月三十日付で、最初の日記となる『秋韷笛語《しゅうらくてきご》』（縦罫ノート）をつけ始めた。日記には「白蘋日録」の付記があり、当時の心情を吐露した「序」が記されている。この時点では、第三者ないしは後世の人に読まれてもいいように意識して書いていた節がある。のちの口語体ではなく文語体である。

「運命の神は天外より落ち来つて人生の進路を左右す。我もこ度其無辺際《たびそのむへんさい》の翼に乗りて自らが記し行く鋼鉄板状の伝記の道に一展開を示せり」

「序」の出だしである。「序」には「宇宙的存在の価値」「大宇宙に合体」「人生の高調に自己の理想郷を建設」というぐあいに、やや気負った表現がみられる。『秋韷笛語』のテーマを一口で言えば、節子との恋愛である。

同日午前九時、啄木は両親と妹に見送られて、宝徳寺を後にした。

渋民の景色は秋色が深まり、西にそびえる岩手山から木枯らしが吹きつけてくる。境内に散り落ちた枯葉が風に吹かれ、音を立てて転がる。啄木は冬の足音をたしかめるように霜の降りた野草を踏んだ。

お坊ちゃん育ちの啄木は、老僕の元吉に荷物を持ってもらい、好摩《こうま》駅へと歩いた。

ちなみに、渋民駅が信号所から昇格して開業するのは昭和二十五年のこと。当時は好摩駅しかなかった。啄木は日記に「好摩ステーション」と記している。

盛岡に着くと、義兄の田村家に行李《こうり》を置き、ユニオン会の仲間と再会した。夜は加賀野に住む伊東圭一郎の部屋に集まった。啄木は「別宴を張る」と日記に記したが、圭一郎の追想では「麦せんべい」（地元名産の「南部煎餅」）などをかじって話しあっただけだったという。

翌朝、今にも泣きだしそうな顔をして節子が田村家の部屋にやってきた。二人はこれからのことを語りあった。節子は部屋を出てゆくとき、「そばにいたい」とだだをこねるように泣きじゃくった。啄木は節子を抱き締めた。

午後、啄木は伊東ら四人と、与《よ》の字橋たもとの高橋写真館で記念写真を撮った。啄木は前日もほかの友人と下の橋写真館で写真を撮っている。午後五時、啄木はわざわざ人力車を呼び、盛岡駅へ向かった。家の前では伯母の海沼イヱと長姉サダが見送ってくれた。

開運橋を渡り、駅舎の前で降りると、文学仲間などの友人がとぐろを巻いて待っていた。青森を午前十一時三十分に発っていた汽車が蒸気を吐いて到着した。

啄木は行李を抱いて客車に乗りこむと、窓から顔を出し、プラットホームの友人と言葉を交わした。

節子は人目を避けるように薄暗い柱に寄り添い、妹孝子の手を握り締め、車窓の啄木を凝視していた。啄木も「恋の君」「恋しき人」「紫琴の君」（日記の表現）を見つめていた。

汽車は定刻通り午後五時五十五分、汽笛を鳴らして動きだした。友人が激励の言葉をかけ、手を振る。啄木も手を振った。それまでこらえていた節子がたまらず肩を激しく揺らし、泣きくずれた。孝子がその身体を支えている。

夜汽車の中で啄木は節子のことばかり思っていた。

「今朝美しき涙の露にうるほしたるそのやさ眉の君（中略）愛なる永遠の光を讃じてこの悲しきわかれの愁ひうち消さむとすれど、あゝたゞ徒《いたずら》に胸の威の抑へ難きを泣かしむるのみ」

王朝時代のような美文を日記に綴った。

憧れの与謝野晶子と会う

十一月一日午前十時、汽車は三十分遅れて上野駅に着いた。

啄木にとって二度目の上京である。前回、世話になった義兄山本千三郎（次姉トラの夫）は北海道鉄道株式会社の社員になり、東京にはいない。千三郎は十二月十日開業の余市駅初代駅長に就任し、翌年六月に小樽駅初代駅長となる。

頼みの綱を失った啄木は、盛岡中学の先輩を頼ることにしていた。東京は氷雨《ひさめ》が降っていた。けっしてぜいたくはできないはずだったが、行李を抱えていたこともあり、奮発して人力車に乗った。

午前十一時ごろ、小石川にある細越夏村《ほそごえかそん》（本名は省一）の下宿に着いた。夏村は前年（明治三十四年）三月に盛岡中学を卒業し、この年十月、早稲田大学高等予科に入学していた。金田一京助と同じように『明星』に短歌を発表している文学青年である。のちに詩人として活躍、岩手文化協会を設立する。啄木は夏村と夜遅くまで文学などについて語りあった。

翌二日、啄木は夏村の好意により、近所の小日向台町三ノ九三（現・文京区音羽一丁目）の大館みつ方に下宿することになった。

そこは、からたちの生垣に囲まれた茅葺《かやぶ》き屋根の一軒家で、部屋は床の間つきの七畳間だった。夏村に伴われて机や本箱なども買い求めた。これら当面の生活費は父一禎が工面したものだった。

三日には、盛岡中学時代の友達で東京外国語学校フランス語科で学ぶ岩動孝久と会ったのち、一人で不忍池を散策し、上野公園で日本美術展覧会を鑑賞した。

文学で身を立てると決意していた啄木だったが、四日、下宿を訪れた野村胡堂から辛辣に意見され、出端《でばな》をくじかれた。

「君は才に走って真率《しんそつ》の風に欠けるきらいがある。もっと正直で飾りけのない気持ちでとりくむべきだ。まだまだ文学修養が必要だと思うよ。それにしても、どうして早まって盛中を退学したんだ。中学だけは卒業しておくべきだ。明日、一緒に編入できる中学を探そう。いいね」

胡堂はこのとき浪人生活を送っていた。明治三十七年、第一高等学校（東大の前身のひとつ）に入学する。説教された啄木は翌朝、本郷六丁目にある胡堂の下宿に出向いた。二人は神田あたりの中学をまわったが、五年生の欠員はなかった。

啄木は節子への切々とした思いを次々と歌に詠み、日記に書き残した。気に入ったものは金田一京助や与謝野寛らに送った。

十一月八日、待ちかねていた節子からの手紙が配達された。表紙には「百合子」と記されてあった。節子はキリスト教精神の象徴でもある白百合（聖母マリアのシンボル）にちなみ、百合子と気どっていた。このころの日記には、節子へのラブレターの文面かと思わせるような甘い文章が綴られている。

啄木が与謝野寛に初めて会ったのは十一月九日である。

この日は東京新詩社の集まりが牛込神楽町の城北倶楽部《くらぶ》で開かれた。啄木は細越夏村に伴われて会場を訪れた。出席したのは与謝野をはじめ、詩人・彫刻家として名を馳せる高村光太郎（号は砕雨）、小説家の岩野泡鳴《ほうめい》ら十四人だった。

翌十日、啄木は豊多摩郡渋谷村字渋谷にある新詩社を訪問した。

「よくいらっしゃいました。さぁ、どうぞ」

憧れの晶子《あきこ》が応対してくれた。晶子は前年六月、大阪府から上京し、寛と同棲した。二か月後に新詩社から刊行された処女歌集『みだれ髪』（著者名は本名の鳳晶子）で、脚光を浴びていた。啄木が初めて会ったとき、晶子は九日前に長男光を生んだばかりだった。名づけ親は英文学者で詩人の上田敏《びん》である。

啄木は八畳間に通され、晶子と、少し遅れてやってきた寛と歓談した。庭には紅白の大輪の菊の花が今を盛りと咲き誇っていた。与謝野夫妻と会った啄木は、明日の扉を少しだけ開けたような気がした。


新詩社を訪れた翌日、実家からの手紙と、北海道にいる義兄の山本千三郎から為替入りの封書が届いた。啄木は事前に金を無心する書簡を送っていたのだろう。啄木の借金癖はこのころから始まっていた。

啄木は為替が届くと、裏神保町の古本屋で洋書を買い求めた。

夜には野村胡堂と池之端のビアホールで杯を傾けた。啄木はまだ酒に弱く、一杯ほどのビールで陶然となった。ほろ酔いで上野公園に入り、西郷隆盛の像を仰ぎ、古桜の森を散策した。

十一月十二日には、シェークスピアの『ロミオとジュリエット』（日記はロメオエンドジュリエット）で英語の勉強をした。翌日は、九段にある大橋図書館に行き、ロシアの文豪トルストイの『わが懺悔《ざんげ》』を読んだ。

十四日、啄木は野村胡堂と深夜まで愛や結婚などについて熱く語りあった。

「……然らば結婚とは何ぞ、これ従来の社会のそれの如く、単に同棲男女を作るの意なるか？　あらず、少くとも吾人の意見を以てすれば、心の相結べる男女の更にその体の結同をなす所以《ゆえん》の者に外ならず。結婚は実に人間の航路に於ける唯一の連合艦隊也」

十七日、日本橋の丸善書店へ行き、シェークスピアの『ハムレット』など二冊の洋書を購入した。翌日にはアンデルセン原作の『即興詩人』を読み、森鷗外《おうがい》の名訳に舌を巻いた。当時の文壇が文語体から言文一致体へと移行するなか、鷗外はあえて雅俗折衷《がぞくせっちゅう》の流麗な文語体で訳していた。

この日、渋民にいる母が手づくりした夜具と、少しばかりのリンゴが届いた。『即興詩人』に気圧《けお》された啄木は、故郷の甘酸っぱい味をかみしめ、温かな母のぬくもりに包まれるように蒲団の中に顔をうずめた。

東京での暮らしは下宿や大橋図書館での読書と英語の勉強に費やされた。啄木にとって何よりの励みは節子からの恋文である。

「節子との恋を想うたびに、なぜ世の人の恋ははかないのだろうと怪しんでしまう。人は恋よりも結婚を尊ぶけれど、真の結婚とは心と体の両方が結ばれて初めて成るものではないのか」

このころ、節子は外国人から英語を習っていた。啄木は丸善などを歩いて節子に送る洋書を買い求めた。本を買えば手持ちの金が減る。そのために洋書を除き蔵書のほとんどを古本屋に売る羽目になった。

十一月二十二日、啄木は大橋図書館で高熱を発した。無理して読書したのがたたったのか、下宿にもどると頭痛と悪寒《おかん》に襲われた。床に入ってからは悪夢にうなされた。不安が募り、あせってきた。

このままでは上京した意味がない。翻訳でもって糊口《ここう》を凌《しの》ごうと考え、「草堂」と名づけた部屋で、珈琲《こーひー》を飲みながら、イプセンの『ジョン・ガブリエル・ボルクマン』と『死せる人』の訳に挑んだ。が、語学力のつたなさを痛感させられた。

「恋人は云ふ、理想の国は詩の国にして理想の民は詩人なり、狭き亜細亜《あじあ》の道を越えて立たん曠世の詩才、君ならずして誰が手にかあらんや」

啄木は「白百合の君」からの手紙を読み返し、同封の写真を撫でるたびに望郷の念が募った。

十二月一日、上京してからまる一か月が経った。渋民の寒さとはくらべものにならないが、孤独な分だけ都会の寒さが骨身にしみた。机上の節子の写真を見つめては、今すぐにでも帰郷したい思いにかられた。

だが、友人に大見得を切った手前、のこのこと負け犬のようにもどるのは自尊心が許さない。ろくな食事をとっていないせいか、体調は日増しに悪くなる。

十二月四日から十六日間も日記をつけず、『秋韷笛語』は十九日で終わった。「その間殆《ほとん》ど回顧の涙と俗事の繁忙とにてすぐしたり」との一文がさびしい。

失意のうちに帰郷する

啄木は在京中、盛岡中学時代の友人を頼っているが、なかでも親身に世話をしてくれたのが金子定一だった。

金子はこの年、経済上の理由から盛岡中学を退学したのち、神田錦町の日本力行会の神田寮に住み、牛乳配達をしながら夜間の私立成城中学に通っていた。同会は神田基督《きりすと》教会附属の団体で、新聞配達部や牛乳部、筆耕部、出版部などを置き、苦学生の救済事業をしていた。彼はのちに陸軍軍人となり、少将で退役後は奥羽史談会長、衆議院議員などを務める。

切羽詰った啄木は、金子に出版関係の仕事を紹介してくれるように頼んだ。思いがけず金子の相棒が、懇意にしているという金港堂の『文芸界』主筆に紹介状を書いてくれた。啄木は十二月二十八日、勇んで金港堂にでかけたが、年末とあって面会さえさせてもらえなかった。

明治三十六年（一九〇三）が明けた。

啄木は数日前に転がりこんだ金子の部屋でわびしい元旦を迎えた。

一月上旬、啄木は下宿先の大館方を追い出された。下宿料三十円（のちに記した借金メモによる）を一銭も払っていなかったから自業自得《じごうじとく》である。

啄木は根無し草となって東京をさまようことになった。金子や同郷の友人たちを頼って、そちこちの安下宿などを渡り歩いては厄介になった。

一方、渋民では……。

二月のある日、宝徳寺に六銭分の切手を貼った分厚い封書が届いた。

裏には「神田にて」としか書かれていない。待ちに待った手紙とあって、一禎とカツは喜んだが、読み終えて気落ちした。いろいろと書かれてあったが、つまりは「病苦と借金苦で困っている。至急、迎えにきてほしい」ということだった。

二人は吐息をついた。前年、東北地方は凶作に見舞われた。宝徳寺では檀家からの寄進も少なく、貯えもなかった。

一禎は北海道にいる山本家から十円ほどを援助してもらったうえ、檀家の承諾も得ず、独断で裏山の木（栗もしくは杉）を売り渡す契約を業者と交わし、二十円（光子の回想では二百円）を手にした。無断伐採のツケはやがて災難をもたらす。

上京した一禎は啄木の滞在先を訪れ、青白い顔の息子と再会した。啄木を須田町の宿に連れて帰り、女中に宿代一円七十銭ほどを支払うために五円紙幣を手渡した。女中は釣銭を銀貨や銅貨でもってきた。一禎が受けとろうとすると、啄木がさえぎるように言った。

「それは君にやるよ」

啄木はこんなところでも見栄を張った。一禎があっけにとられているうちに、女中はお辞儀をして消えてしまった。一禎はやっと工面した金の一部がいとも簡単に消えてしまい、がっかりしたが、病気の息子を叱ることもできなかった。

二月二十六日、一禎と啄木は上野駅を発ち、翌日に帰郷した。それから数か月間、啄木は世捨て人のように療養しながら、読書などをして過ごす。

「啄木」の誕生

啄木は意識的にそうしたのかどうか、日記をつけなかった時期がある。東京から敗残兵のように帰郷した明治三十六年（一九〇三）は、まるまる一年間、空白期間になっている。

文学で身を立てたいという夢は、東京でもろくも挫折した。意気揚々と上京したときとの落差が大きかった分、とても日記を書く心境にはなれなかったのだろう。あるいは断片的にでも記したかもしれないが、現存していない。

啄木は三月十九日、盛岡中学の文学仲間だった小林茂雄に手紙を書いた。啄木は日記も手紙も、ときに誇張して書く癖がある。

手紙の内容が事実なら、啄木は「毎日、顔をしかめて苦い薬を飲んでは、砂糖氷をかじって暮らし、毎日夕刻には薬をもらいに医師の家まで散歩していた」ことになる。どことなく病気を理由に不甲斐《ふがい》ない日常を正当化しているようである。

自尊心の強い啄木は、何か存在感を示すものが必要だった。それがないと、かつての文学仲間に合わせる顔がない。啄木は本格的な評論としては初となる「ワグネルの思想」を書き始めた。

ワグネル（古典的なドイツ語読み）は、一般的にはリヒャルト・ワーグナーと表記されるドイツの作曲家、理論家である。歌劇の名作を多く残していることから「歌劇王」とも呼ばれる。

啄木は東京から故郷に帰るとき、丸善でC・A・リッジー著の『ワグナー』（英書）を購入し、その研究に没頭していた。原稿は岩手日報の五月三十一日付から六月十日付にかけ七回、白蘋の署名で連載された。序論ではドイツの哲学者ニーチェの超人思想や、トルストイの博愛主義などをひきあいに、ドイツの作曲家ワグネルとの思想の違いなどを論じている。

この時期、啄木はワグネルの思想を中心に思索し、哲学する少年でもあった。だが、独りよがりととられてもおかしくないほど難解な文章であり、一般読者にはちんぷんかんぷんだったと思われる。大上段に構えて始まった連載は、「序論の四続」（序論四の続き）で打ち切られている。それでも岩手日報への連載で吹っきれたのか、啄木の創作意欲はかきたてられた。

七月一日発行の『明星』には短歌四首が載った。そのなかに「ほゝけては藪《やぶ》かげめぐる啄木鳥《きつつき》のみにくきがごと我は痩せにき」という一首がある。やせ衰えた身体を自嘲的に啄木鳥にたとえている。

啄木は宝徳寺で起居しながら詩や短歌を詠んだ。ときには母校の渋民尋常高等小学校（明治三十一年に高等科を併設）にも足を運んだ。子供たちはすぐに啄木になついた。そのなかに、駄菓子屋の娘で、十二、三歳になる石川綱子《つなこ》がいた。目が節子とそっくりで、笑うとえくぼができる。竹を割ったような性格で、男に負けない気性の持ち主だった。節子は盛岡にいてめったに会えない。

節子は前年三月に私立盛岡女学校を卒業したのち、家事手伝いをしていた。父の忠操は盛岡中学を退学した啄木に幻滅し、娘に「あの男がまともになるまで、会ってはならん」などと言い聞かせていた。

夏の夜、啄木は綱子を伴い、北上川に架かった舟田橋（船田橋・現在の渋民駅近く）あたりで蛍狩りに興じた。団扇《うちわ》を持ち、糸をひくように点滅して流れる光を追いかける綱子の笑い声や、提灯《ちょうちん》の明かりに照らされるあどけない笑顔に、節子の面影をみていた。妹光子の同級生もと子などとも蛍狩りを楽しんだという。

ほたる狩《がり》
川にゆかむといふ我《われ》を
山路《やまぢ》にさそふ人にてありき

啄木は徐々に心身ともに健康を回復していった。最初はうとましく思っていた啄木鳥の樹木を穿《うが》つ音までが小気味よく聞こえる。耳を澄ますと、天からの啓示のように伝わってきた。

十一月発行の『明星』に、石川白蘋らを新詩社同人にするとの社告が載った。便宜上、ここまで啄木の号を使ってきたが、初めて「石川啄木」という雅号が世に出たのは、『明星』十二月号である。啄木は「愁調」と題した五編の長詩を発表した。その中の一編に「啄木鳥」という詩がある（詩集『あこがれ』に収録）。

与謝野寛は、白蘋という雅号が不釣合いだと思い、彼の心境を最も正直に表現した「啄木鳥」からとって雅号をつけ、『明星』に載せたとしている。

これが事実だとすれば、与謝野が名づけ親となるが、岩手日報に石川啄木の署名で掲載された随想「無題録（二）」（十二月十九日付）には、村の古老から「なぜ白蘋の号を改めたのか」との問いに答えるかたちで、「四季、啄木鳥の樹を叩く音が絶えない。療養しているときも、ワグネルをひもとくときも、常にこの音を聞いて慰められていた。この音をきくたびに詩興がわく」（要旨）と書いている。

盛岡中学の文学仲間である小林茂雄は、すでに十月二十五日付の岩手日報に「啄木鳥庵雑詠」を寄稿し、啄木鳥庵が白蘋の庵であると明かしている。やはり、啄木の号は自分で思いついたと考えるべきである。

啄木の長詩は文壇で話題になった。白蘋でぱっとしなかった分、「啄木でいける」と気をよくした。十七歳も残り少ない冬のことである。

節子と結婚を誓いあう

明治三十七年（一九〇四）が明けた。『明星』同人となり、短歌だけでなく詩でも自信をつけた啄木は、心機一転の心境になった。

この年の干支は甲辰《こうしん》である。さっそく元旦から「甲辰詩程《してい》」（啄木庵日誌）と題した新しい日記をつけた。日記には「希望と栄光」「悠久なる希望の未来」というぐあいに、「希望」の言葉があふれている。

一月六日夕刻、東京にいる阿部修一郎（ユニオン会のメンバー）から一日消印の葉書が届いた。彼の姉梅子が大晦日に永眠し、四、五日のうちに遺骨を盛岡へ持ち帰るという内容だった。

「こうしてはいられない」

啄木はその夜に散髪すると、翌七日午前十一時六分好摩駅発の汽車に乗った。盛岡に着くと、ただちに阿部修一郎と妹の松子がいる家を訪れた。

親族が見守るなか、啄木は梅子の遺骨に向かって手を合わせた。梅子は両親を早くに失ったあと、長女として弟二人と妹二人の母親代わりをしてきたが、兄弟姉妹は離れ離れになってしまった。姉を慕っていた松子は涙をこらえている。辛そうな表情が啄木の胸を締めつけた。

葬儀は翌日に執り行われることになった。

啄木は開運橋近くの田村家に立ち寄り、この家に嫁いでいる長姉サダに頼みごとをしてから、伯母の海沼家に入った。

八日、啄木は早起きすると、節子への手紙を車夫（人力車の引き手）に託し、阿部のもとに急いだ。

葬儀は龍谷寺で営まれることになっていた。啄木は寺へ向かう葬列に加わり、遺族らと寒風のなかを歩いた。雲は垂れこめていたが、雪は降っていなかった。

午前十一時、山門を抜けると、節子と妹の孝子が並んで待っており、節子がゆっくりと歩み寄ってきた。啄木の父一禎はこの寺で役僧をしていたとき、カツと恋に落ちた。因縁の寺で二人は見つめあい、無言のままうなずきあった。

法事が思っていたより長くかかり、啄木が田村家に着いたのは午後三時だった。姉サダは弟の願いを聞き入れ、逢引の場を用意してくれていた。ここで会う約束をしていた節子は、啄木が現れるなり、すがるような目つきをした。二人は一室に入ると、どちらからともなく抱きあった。

「夜の八時すぎまでせつ子と語る。あゝ我けなげの妻、美しの妻、たとへ如何なる事のありとて、吾らは終生の友たる外に道なきなり。さなり、愛なくして我は如何にして生くべきや」

二人は田村家を出ると、再会を約束して別れた。啄木は海沼家にもどったが、蒲団にくるまっても、この日の出来事が鮮やかによみがえり、興奮してなかなか寝つけなかった。

一月十日、啄木が阿部梅子の死を悼んで詠んだ歌を含む九首の短歌が、岩手日報に掲載された。海沼家で朝食をとった啄木が、新刊の文芸雑誌をめくろうとすると、田村家より迎えがあった。あわてて駆けつけると、節子が部屋で待っていた。

サダは二人の情熱的な恋愛に理解を示している数少ない一人である。二人っきりにさせるために、外出していった。

「未来を語り、希望を談じ、温かき口付けうち交はしつゝ話は絶間もなくうち続きたり。詩、音楽、宗教のけぢめもなく、くつろぎて、云い渡り、さて語（り）つくれば無音の語ぞ各自の瞳に輝きぬ。家人外出してしばらくかへらず。破壁《はへき》の隙《げき》もる冬の風も我らには温き春の日のそよ風の如く覚えぬ」

啄木と節子はキスを重ねながら将来の夢を語り、熱い抱擁《ほうよう》を交わし、結婚を誓いあった。二人は田村家で昼食を済ませると、人目をはばかることなく並んで歩き、盛岡駅へ向かった。

啄木は時代の流れに敏感である。日本とロシアの関係が逼迫《ひっぱく》していることは新聞などで知っている。一月十二日に開かれた御前会議《ごぜん》では、ロシアとの国交断絶が決定された。同夜、啄木は三篇の詩を詠んだ。

そのなかの「西伯利亜《シベリア》の歌」には、征馬（軍馬）でシベリアの大地を疾駆《しっく》する光景が夢のなかの出来事として描かれている。

「無人に似たる西伯利亜に／大旗をたて、真と美の／国の理想を揚ぐるべく／時は来りぬ。鐘鳴り渡れ」

最後の四行は、まるで開戦を待ちわびているようである。

啄木はあせっていた。節子と結婚するには生活力がなくてはならない。そのためには一日も早く中央文壇で実力を認められ、原稿料を稼がなくてはならない。

一月十三日には、評論家として高名な姉崎正治《あねさきまさはる》（号は嘲風）に、この詩を含む自作の詩を添えた長文の手紙を出した。

堀合家との交渉は、姉サダが買って出ていた。堀合家では父親の忠操が頑として二人の結婚に反対していた。啄木との交際を禁じ、節子に家から一歩も出ないように命じた。それでも守らないときには、部屋に監禁する一幕もあった。

思いあまった節子は母親とき子に啄木とののっぴきならない関係を告白したのだろう。とき子は娘の思いを受けとめ、夫を説得しようとしたが、かえって火に油を注いでしまった。節子は伯母（忠操の姉）の高橋ノシに助けを求めた。

ノシには子供がいなかった。節子は最初にできた姪とあって、人一倍かわいがっていた。ノシは一肌脱ぎ､弟に二人の仲を認めるように迫った。節子が手渡した『明星』や岩手日報の記事を示し、「前途洋々の青年ではないか」と言いくるめた。厳格な忠操も姉には弱い。しぶしぶうなずいた。

啄木は盛岡での交渉も気がかりだったが、緊迫の度を深める日露関係も気になった。一月十四日、万朝報社長の黒岩涙香《るいこう》に「西伯利亜の歌」を郵送した（十九日には岩手日報に全文が掲載される）。午後、九十センチほどの積雪のなか、宝徳寺に盛岡中学の文学仲間である金矢七郎がやってきた。

渋民に実家がある七郎は、盛岡の一軒家に親戚の金矢信子らと一緒に暮らしていたことがある。信子と同級生の節子がときおり遊びにきていた関係で、啄木と節子の恋物語を間近で眺めた一人である。

「春になったら、信濃の佐久に行くことになったよ」

「それはよかった。おたがいの今の感慨を詩に詠もうじゃないか」

二人が詩作をしていると手紙が届いた。盛岡の長姉サダからだった。啄木は封を切り、目を通した。たちまち歓喜の波が目元に押し寄せた。

「田村姉より来書あり。余がせつ子と結婚の一件また確定の由報じ来る。待ちにまちたる吉報にして、しかも亦忽然《またこつぜん》の思あり。ほゝゑみ自ら禁ぜず。友と二人して希望の年は来りぬと絶叫す」

啄木は興奮し、深夜まで友と語りあった。

結納してから心が揺れる

一月十九日、節子から感激を伝える手紙が届いた。啄木は「よろこびの音づれ」と日記に記したが、これまで感じたことのない心理状態になった。どういうわけか、以前にも増してアメリカに行きたいとの思いが強まった。

きっかけは、前年、盛岡にいる節子から詩集『東海より』（一九〇三年・ロンドン版）が送られたことだった。著者は米国在住のヨネ・ノグチ（本名は野口米次郎）である。啄木は詩人として名を馳せる野口に自分の夢を重ねた。

「詩談一則」（副題は「『東海より』を読みて」）を岩手日報に寄稿し、元旦号の三ページ目全面に掲載された。まるまる一ページが十代の文学青年の手になるのは、極めて異例である。出だしには「白百合の君より送られて」と記した。

渡米熱に浮かされた啄木は一月四日、雪のなかを歩いて郵便局へ行き、外国郵便の料金を問い合わせていた。十三日には日報の元旦号と葉書を野口に送ったうえ、二十日から書き始めた長文の書簡を、翌日に投函した。

「私の胸にはまた新らしい病が起りました。外でもない、それは渡米熱と申す、前のよりも重い強い、呵責の様な希望です」

皮肉にも節子がくれた詩集『東海より』で火がついた渡米熱は、結婚が決まって冷めるどころか、逆に燃えあがった。

啄木は北上川に架かった吊橋の鶴飼《つるかい》橋あたりを散歩するのが好きだった。橋の上から眺める岩手山が美しい。とくに月の夜を好んだ。

ふるさとの山に向《むか》ひて
言ふことなし
ふるさとの山はありがたきかな

結婚が決まってからというもの、啄木の気持ちは風に吹かれる吊橋のように揺れ動いていた。いつものように鶴飼橋を渡り、親友の金矢七郎の家に行き、泊りがけで語りあい、後日、宝徳寺で金矢を惜別する宴を張った。

その宴には、盛岡からやってきた田村叶（長姉サダの夫）も加わった。義兄から結婚の祝いを述べられた啄木は、節子の顔を思い浮かべたが、なぜか心は曇る。床に入っても眠られず、ひそかに涙した。

「自分には美しくけなげな妻がある。ゆたかな未来の光、夏のような希望が前にあるではないか。それなのに、このような憂悶《ゆうもん》の深い吐息がやまないのはどうしてなのか……」

啄木は自分自身の矛盾した心情をはかりかねた。

一月二十三日夜、あまりのせつなさにたえかね、渋民尋常高等小学校を訪れると、宿直に頼んでオルガンを弾かせてもらった。

帰路、寒々とした空に光る星までが悲しく見えた。たまらず叫びたい気持ちになったが、耳に残るオルガンの余響にかろうじてこらえた。

啄木は一月二十四日と二十六日、姉崎から届いた「樗牛会《ちょぎゅう》」（評論家の高山樗牛の記念事業を行う会）の趣意書を日報に紹介した。

姉崎はぜがひでも親しくなりたい著名人だった。翌二十七日、啄木は長詩「鶴飼橋」などの作品を『時代思潮』を主宰する姉崎へ郵送した。「鶴飼橋」は同誌第二号に掲載され、詩集『あこがれ』に「鶴飼橋に立ちて」の題で収録される。

二月一日、姉崎は盛岡の杜陵館で講演することになっていた。

啄木は午後九時、盛岡駅へ着くと、人力車を駆って姉崎の宿泊先である六日町（現在の肴町周辺）の高与旅館へ急行した。講演はまだ終わっていなかった。しかたなく十五夜のもとで散歩して時間をつぶした。

午後十時、啄木は初めて姉崎に会い、洋風の一室でビールを飲み交わしながら、文学に賭ける思いを熱く語った。

翌二日、啄木は盛岡駅で姉崎を見送ると、婚約者がいるにもかかわらず、梨木町にいる阿部修一郎の妹松子を訪ね、二人きりで二時間ほど人の運命などについて語りあった。深夜、月夜に照らされた盛岡城址や母校の前などをあてどなく歩きまわってから、海沼家に向かった。

海沼家には渋民から出てきた母カツが寝ていた。カツは幼いときから溺愛してきた啄木の結婚に反対していたが、ようやく折れ、結納のためにやってきた。

啄木はどこかで「はやまったかもしれない。ほんとうにこれでいいのだろうか」という思いがあった。

節子を心から愛してはいるが、結婚に縛られて一生を過ごすことになりはしないだろうか。二人は助けあい、幸せな家庭を築いていく約束をしているが、いまだに親の脛《すね》をかじっている分際では、食べていくことさえできない。

二月三日、この日は母カツが堀合家を訪れ、結納をかわすことになっていた。

啄木は書店で『太陽』を買い、金矢七郎の盛岡宅に立ち寄ると、午後四時発の汽車に乗って渋民へ帰った。

翌四日午後一時半、母カツが帰宅した。日記には「老母かへる。都合万事よろしかりき」と、結婚が決まったときの感激ぶりがうそのように、そっけなく記されている。夜には節子ではなく、松子に手紙をしたためた。

先《さき》んじて恋《こひ》のあまさと
かなしさを知りし我《われ》なり
先んじて老ゆ

二月八日、朝鮮半島の仁川沖で日露の艦艇による最初の交戦があり、九日には仁川沖海戦がくりひろげられた。本来、結納までかわした人間なら戦争など望まないはずだが、啄木は違った。

十日、啄木は野村胡堂宛の手紙をしたためた。

「そこの辻、こゝの軒端には、農人眉をあげて胸を張り、氷を踏みならし、相賀して hey! Ho! の野語勇ましくも語る。酔漢樽をひっさげてザールの首級に擬し、村児群呼して『万歳』の土音雷の如し。愛す可き哉、嘉すべき哉」

ザールとはロシア帝政時代の皇帝の称号（ツァー、ツァーリなどとも）である。啄木は戦争が始まって興奮した。手紙には、近く「愛国の詩」を詠んで、歌なき民衆に与えたいとも書き、「なぜこんなに激するのか知らない。ただ血は沸き、眼は燃える」と明かした。

啄木には女性とすぐにうちとける特技がある。この時期、啄木はひんぱんに好摩郵便局（立花家）に通っては長居した。局内では立花さだ子が事務の手伝いをしていた。外は酷寒の季節だが、可憐なさだ子は、さながら冬のひまわりのようにまぶしく咲いている。

さだ子は啄木より六歳年下である。渋民尋常小学校を卒業後、盛岡の染色講習所で学んだ。父親利七が宝徳寺の総代をしていた関係で、二人は親しく話すようになっていた。

二月十四日の午後から夜にかけ、宝徳寺は女性の歓声に包まれた。「村の乙女ら来り、さだ子さんなど、共に歌留多《かるた》会催す。愛らしきエンゼルよ」日記にエンゼルと記すほど、啄木の目にさだ子は邪心がないように映った。

啄木はさだ子とひんぱんに会い、村の男女とカルタ（百人一首のこと）に興じる。三月六日の日曜日には十三人が集まり、午後から夜まで遊んだ。村の少女らと夜中の二時まで夢中になることもあった。

酒もよく飲んだ。村でただ一つの瀬川医院に顔をだし、ビールも味わった。医師瀬川彦太郎の妻は愛子といい、光子の同級生、もと子の姉にあたる。

ふるさとの
村医《そんい》の妻のつつましき櫛巻《くしまき》なども
なつかしきかな

年ごとに肺病《はいびやう》やみの殖《ふ》えてゆく
村に迎へし
若き医者かな

啄木の生活ぶりは戦時下とは思われないほど派手である。といって、金があったわけではない。「借金の催促頻々《ひんぴん》として来る。困却とは我にとりてお手のものなり。痛快」と、なかば開き直っている。

新聞では日本軍の活躍ぶりが連日報じられている。啄木は三月三日から十九日まで八回にわたり、岩手日報に「戦雲余録《せんうんよろく》」を連載した。

「今の世には社会主義者などという、非戦論客があって、戦争が罪悪などと真面目な顔をして説いている者がある」（読みやすいように現代文に変えた）

のちに社会主義に関心を抱く啄木からは考えられないほど好戦的な内容が書かれてある。達見もみられる。

「露国ほど暗澹《あんたん》なる国はない。国民の血は官吏という吸血蜘蛛のために絞り取られるうえに（略）平民主義社会主義の著述、宗教自由論、トルストイやゴーリキー（原文はゴルキイ）の小説までその過半は発売禁止の状態である。もし日露戦争の結果がかの国を刺激して、暴圧から彼らを救い出し、世界文化の歴史から汚点を除去する事が出来るならば、その幸福は彼ら弱者の上のみではないであろう」（要約）

まるで、ロシア革命でも予見したような記述である。

詩集発刊を約して上京する

啄木と節子は婚約にこぎつけたが、結婚の日取りは決まらない。いったんは二人の仲を認めた堀合忠操は「白紙にもどしてもいいぞ」などと節子に迫った。

節子は三月二十一日、岩手郡滝沢村の村立篠木《しのぎ》尋常高等小学校の代用教員として採用され、新年度から女生徒に洋裁を教えた。

当時はまだ、鉄道が通っていなかった（田沢湖線の前身となる橋場線が全通するのは大正時代）。節子は親戚の山崎家に住み、小学校へ通った。この家の廉平は盛岡中学に在学中、節子の実家に下宿した。今度は逆に節子が世話になった。

篠木小学校は明治六年に創立された。前年三月に校舎が全焼し、この年一月に新校舎が落成していた。節子は木の香も新しい教室で教鞭を執った。月給は五円である。節子は女生徒に人気があり、姉のように慕われる。

節子を代用教員につけるように動いたのは、啄木から少しでも遠ざけたいと思っていた実父である。岩手郡役所で兵事主任兼学事係をしていた忠操は、同僚で岩手郡視学の平野喜平に相談した。視学とは教員任免などをつかさどる地方教育行政官である。平野は篠木小で校長をしたことがあり、便宜をはかってくれた。

啄木はのちに渋民小で代用教員をするのだが、その陰では節子のときと同じように、忠操から頼まれた平野が骨を折ることになる。

節子と啄木の距離はより遠くなった。節子の代用教員がこたえたのか、啄木の二冊目の日記『甲辰詩程』は四月八日で途切れ、七月二十一日に復活するものの、二十三日付で打ち切られる。

この間、四月二十八日から五月一日まで、「渋民村より」と題した時事評論を岩手日報に連載した。日露戦争を普仏《ふふつ》戦争になぞらえ、「新日本」の行方などについて論じているが、「以下次号」の記載もむなしく、四回で終わっている。

九月下旬、石川家の招待に応じ、節子は母とき子、妹孝子、弟の赳夫、了輔を連れて渋民を訪れた。忠操とふき子（二女）の姿はなかった。

石川家では堀合家の人々を温かくもてなした。一行は啄木の居室も兼ねている禅坊に泊まった。啄木と節子は二人だけの時間をとり、ひさしぶりに心おきなく語った。啄木の胸にひさしく忘れていた明日への希望がよみがえった。

啄木は上京を決意したが、先立つものがない。考えあぐねたあげく、北海道にいる義兄に援助を請うしかないと思い、知人からの借金で旅費を工面した。


九月二十八日、啄木は好摩駅から下りの汽車に乗り、北へ向かった。

夜は尻内《しりうち》駅（現・八戸駅）前の宿に泊まった。尻内は市街地から離れており、さびしいところだった。翌二十九日は野辺地《のへじ》で下車し、浜辺に咲き残る浜茄子《はまなす》の赤い実を漁村の子供たちと味わってから、ふたたび車上の人となった。

青森に一泊した啄木は三十日、日本郵船の陸奥《むつ》丸に乗りこみ、初めて津軽海峡を渡った。この汽船は明治四十一年三月二十三日、「秀吉丸」と激突して沈没、二百人以上もの犠牲者をだす惨事に遭う。

波は穏やかだった。啄木は海原を見渡し、旅情にひたった。函館では旧友の谷地《やち》勘九郎の家に泊まりこんだ。

十月一日午後三時、啄木を乗せたドイツ船へレーン号は錨を上げ、小樽へ向かった。津軽海峡は五時間半で渡ったが、今度は二十時間の長旅である。

啄木は神田小川町で購入しておいた古ぼけた赤い帽子を被り、紋付羽織を着ていた。そのために、商人の一人から天理教の伝道師とまちがわれる一幕もあった。むさくるしい三等船室を逃れ、甲板へあがった。

日本海を染めた落日を見ていると、杜甫《とほ》の漢詩「旅夜書懐」を思い出し、思わず声にだして詠じた。そのとき、

「キャン・ユー・スピーク・イングリッシュ？」

啄木は突然、英語で話しかけられた。機関長のヘルマンというドイツ人だった。啄木はドイツ語も独学していたが、会話はできない。英語でヘルマンや船長ゲッセンらと日露戦争やドイツ文学（ゲーテやハイネなど）について語った。

「君は学生か」と訊《き》かれた啄木は「詩人」と胸を張った。

十月二日午前十一時、小樽の波止場に降り立った啄木は、稲穂町にある駅長官舎に直行した。義兄の山本千三郎は北海道鉄道株式会社・小樽中央駅の初代駅長を務めていた。啄木が上野駅に勤務していた義兄を頼り、上京してから五年の歳月が流

れている。

啄木は事前に何も連絡していなかった。次姉トラを驚かせようと、玄関を潜った。どうも様子がおかしい。寝室から呻き声が聞こえた。

「姉さん……」

トラは病床に臥《ふ》しており、枕元には、まるで最期《さいご》を看取るかのように見知らぬ人たちがとりまいている。これには啄木の方が驚いた。結果的に見舞いに訪れたかたちになった。啄木は次姉の容態を気にしながら、話をすることになった（トラはこのあと快方へ向かう）。

啄木は小樽に滞在中、小樽新聞社や学校などを訪れた。

十月十五日、函館と小樽（同日、高島駅と改称）間の鉄道が全通した。その二、三日後、啄木は小樽を汽車で発った。ぜいたくはできないはずだが、山本家からある程度の軍資金を得て懐が温かくなっていたこともあり、奮発して二等車に乗りこんだ。二等車の賃金は三等の七割増（一等は三等の二倍半）である。

金欠病で渡道したとは思われないふるまいである。この時点では、よもやのちに北海道を漂泊することになろうとは思ってもいなかった。

啄木は十月十九日に渋民にもどると、上京の準備にとりかかった。三日後には岩手山の初冠雪があり、強風に飛ばされた落葉が舞っていた。

十月二十八日、啄木は詩稿七十七編を携え、渋民を離れた。今度は詩集の発刊という確たる目的がある。

啄木は盛岡で級友の実家などを訪ね、その日ないしは二十九日に節子と再会した。二人は盛岡から汽車に乗り、黒沢尻（北上市）で途中下車した。黒沢尻小学校で教鞭《きょうべん》を執っている伊東圭一郎を訪ね、玄関で「おっ母さんからの届け物だ」と言って紋付羽織を手渡した。節子は門の前で待っていた。

さらに、黒沢尻出身で盛岡中学の同級生だった小沢恒一の実家を訪れ、早稲田大学で学ぶ恒一への荷物を預かった。これらは計算ずくの行為だったのだろう。彼らの親がくれた餞別をちゃっかりと懐にしまいこんだと思われる。

その晩、啄木と節子は駅前の旅館に泊まった。

「詩集が出れば、結婚費用ができる。それまで待っていてほしい」

「ええ、何があろうと、信じて待ってます」

二人は短い時間を惜しむように契りを結んだ。

十月三十日午後二時過ぎ、啄木は盛岡へ帰る節子と別れ、上り列車に乗りこんだ。

おそらく節子は啄木が北海道へ向かうときと同じように、代用教員の給料で貯めた金の一部を手渡したことだろう。

翌三十一日早朝、啄木は上野駅に着いた。前年二月に東京を去ってから一年八か月が過ぎていた。啄木は十八歳になっていた。

化物屋敷で住職罷免の報に接す

金田一京助は、上京してきた啄木の姿を「丸に笹龍胆《ささりんどう》を大きく出した黒の木綿の五つ紋の紋付羽織に、投げれば立つような、仙台平《せんだいひら》の袴を着け、南部桐の真新しい下駄に、ステッキを突っかかって、上等のタバコを燻《くゆ》らし……」と表現している。京助は本郷菊坂八十二番地の赤心館《せきしんかん》に移ったばかりだった。

啄木はいつものように、ニコッと左右の糸切歯を軽くのぞかせ、ちょっと頭をかいて、鷹揚《おうよう》にソフト（中折れ帽子）を被り、背伸びをするようにして肩と胸を張って玄関を出ていった。後日、その上等な袴は母カツがくれた七円で盛岡の質屋から購入したものだと聞かされる。後姿を見やった京助は「誰の目にも、これが十代の少年だとは見えないだろうな」と思った。

啄木は本郷区向ケ岡弥生町三の村井方を経て、十一月八日に神田駿河台袋町の養精館に移った。

十九日付の読売新聞の「よみうり抄」に、「岩手の野より都門に入り来れる石川啄木氏は、世に出す筈の詩集『沈める鐘』を目下編集中」（要約）と紹介された。記事にあるように、最初は詩集のタイトルを『沈める鐘』と決めていた。

十一月二十八日、養精館が閉鎖された。啄木は同館の経営者だった井田芳太郎の家（牛込区《うしごめく》〈現・新宿区〉砂土原町《さどはらちょう》三丁目）へ引っ越した。

家は大名屋敷のように大きかったが、古色蒼然《こしょくそうぜん》としており、どことなく不気味だった。啄木ら下宿人は「化物屋敷《ばけものやしき》」と呼んだ。

日露戦争の戦時下、ちまたでは、十月十五日にバルト海リバウ港を出撃したバルチック艦隊の動向や、乃木希典《のぎまれすけ》陸軍大将率いる第三軍の旅順《りょじゅん》（中国・遼東《りょうとう》半島の南西端にある港湾）要塞に対する総攻撃の成否が最大の関心事になっていた。

啄木は日本が存亡の危機を迎えている最中、詩集の刊行に躍起になっていた。当然ながら快く出してくれるところはない。頼みの綱だった新詩社もためらった。

そうこうするうちに資金は底をつき、年の瀬が迫ってきた。最高級煙草の「敷島」を吸い、お抱えの人力車を乗りまわしていたのだから無理はない。

啄木は十二月十四日、師と慕う姉崎正治に長文の手紙を出した。

手紙には、九日付の読売新聞で『白百合』に載った自分の詩が非難されているのを知り、評者の正宗白鳥《まさむねはくちょう》と会ったが、彼の無責任きわまる姿勢に失望したこと、一週間ほど前、原稿料二十円を父母へ送ったために銅貨が数個しかないことなどを訴え、言外に金の無心をしている。

だが、相手にされなかった。二十五日には、盛岡に帰省中の金田一京助に泣きつく手紙を送った。啄木は『太陽』や『時代思潮』の原稿料が入らず絶体絶命になったとして、「一月には詩集出版と、今書いている小説とで百円にはなるはず。十五円ばかり拝借したい」と記した。

京助は親から立て替えてもらった十五円を送った。この金で啄木は下宿料を支払い、どうにかこうにか年を越すことができた。これ以降、啄木は京助に金銭的な援助を乞うことになる。

明治三十八年（一九〇五）一月一日、旅順《りょじゅん》要塞が陥落し、翌二日、旅順のロシア軍は正式に降伏した。帝都ではこれを祝う花電車が運行された。啄木は華やかに彩られた電車に乗り、祝勝ムードに酔った。

五日、新詩社で開かれた新年会では、作家の上田敏《びん》や英文学者の馬場孤蝶《こちょう》、歌人の山川登美子ら三十人ほどの文人と語らった。

詩集の発刊が難航するなか、三月に入り、啄木を愕然《がくぜん》とさせる知らせが入った。父一禎は前年十二月二十六日、宗費百十三円を滞納したとして住職罷免《ひめん》の処分を受けていた。それまで再三にわたり催促されていたが、払えない事情があった。その大半は、啄木の行動に起因している。

この処分は曹洞宗務局発行の一月十五日付「宗報」に掲載された。

三月二日、一禎は妻カツと娘光子を連れ、十八年間住み慣れた宝徳寺を出て、村内の芋田《いもだ》第八地割へ移った。ここに至って、啄木に事実を知らせた。

「あゝ我は大罪人となりぬ。我は今この風寒き都を奔走《ほんそう》しつゝあり」

三月六日付で京助に宛てた手紙からは、悲痛な思いが伝わってくる。

日本軍が奉天《ほうてん》（現・瀋陽《しんよう》）を占領した三月十日、啄木は牛込区砂土原町の「化物屋敷」から、同区払方町二十五番地の大和館に移った。

前夜、啄木は同宿していた福場幸一ら三人を神楽坂の西洋料理店へ連れて行き、大盤振る舞いをしている。金の出所については、「尾崎行雄（東京市長）からもらった」とすました。が、尾崎は後年、市長室に原稿を持参してきた少年に「もっと有用な学問こそ学ぶべき」と小言を言っただけと回想している。

啄木はのちに、いわゆる「借金メモ」を書き残す。東京分で最初に書かれてあるのは、砂土原町（二十五円）、次が大和館（七十円）である。両者だけで九十五円。今なら百万円近くもの大金になる。

砂土原町の分は下宿料だと推定できるが、大和館には二か月ほどしか暮らしていない。詩集発刊を担保に主人から借りたものと思われる。

詩集の処女出版は思わぬかたちで実現する。

啄木が大和館に移ってまもなく、盛岡出身で日本橋区青物町の八十九銀行に勤務していた盛岡出身の小田嶋尚三《おだしまなおぞう》（号は黄花）が訪ねてきた。

会うように勧めたのは、東京の出版社「大学館」で働いていた長兄の嘉兵衛である。嘉兵衛に啄木のことを教えたのは、盛岡高等小学校で同級生だった末弟の真平だった。そもそもは啄木が手紙で真平に助けを求めたのかもしれない。

尚三が訪ねてきた日は来客が相次ぎ、五人が膝を揃えた。啄木は女中を呼びつけると、最高級煙草「敷島」を五つ持ってくるように命じたうえ、「客膳を五つ取り寄せてくれ」と告げた。

「イギリスの詩人バイロンの考えよりも、僕はね、もっと大きな空想を持っているんだよ。たとえば、ずっと天井の円い芝居小屋を建ててみたいなんて、思っているんだ」

客をもてなしながら、ついつい気宇広大《きうこうだい》な話をした。姉崎正治についても「姉崎くんがね」などと、さも同等のような言いまわしをした。

尚三はおおげさな話しぶりをする男と思ったが、眼が澄んで美しく、詩人らしいと感じた。尚三は二十三歳だったが、召集令状が来ており、出征すれば戦死すると覚悟していた（実際には四月五日に入隊し、十二月に召集解除）。出資を決めた尚三は、三百円ほどの貯金通帳を出版費用として長兄に手渡した。

詩集の題は、序文を依頼した上田敏が「啄木」と題す序詩を送ってきたことから、その一節からとって「あこがれ」に変えた（「跋《ばつ》」を書いた与謝野寛の命名という説もある）。

表紙の絵は、盛岡中学の同級生で慶応大学に通う石掛友造に描いてもらった。金田一京助に宛てた手紙には、「印刷は終わったが、和田英作の表紙画ができておらず、製本までにはまだ四、五日を要する」と記されている。

啄木は詩集の評判を高めるためにも、洋画家として著名な和田英作（のちに文化勲章受章）に描いて欲しかったが、それはかなわなかった。

四月十五日、桜も散り落ちた隅田川近くの「伊勢平楼」で、新詩社主催の演劇会（文士劇）が開かれた。与謝野寛をはじめ同人が総出演するなど、大入り満員の反響を呼んだ。出し物は高村光太郎作の「青年画家」である。

啄木は、ヒロインが死ぬときに舞台裏で鶯を鳴かすだけの裏役だった。舞台では踊りの師匠の娘という植木貞子《ていこ》が艶《あで》やかに舞っていた。啄木が北海道での流転《るてん》を経て上京したあと、深い関係になる女である。

『あこがれ』は出たものの

啄木は在京中、盛岡中学で面識があった雫石町出身の上野広一《うわのこういち》の下宿先（本郷弥生町の大盛館）をたびたび訪れていた。

前年（明治三十七年）四月、岩手師範女子部を卒業したばかりの上野さめ子が、渋民尋常高等小学校に赴任してきた。師範出の女教師が渋民のような村に配置されるのはきわめて異例だった。訓導の資格をもつ岩手郡初の女教師でもある。

さめ子は盛岡女学校で節子の先輩にあたり、啄木より三歳年上になる。啄木はひんぱんに小学校を訪れては、クリスチャンのさめ子から讃美歌を教えてもらったり、文学を語らったりと交遊を重ねていた。

上京してからは、さめ子にフランス製の美しい絵葉書を三通送っている。最初の絵葉書（十一月七日）には「Ｍｙ　ｄｅａｒｅｓｔ」で始まる英文の詩を綴った。恋人にでも宛てたような甘い文面である。

広一はさめ子の甥にあたる。前年に画家をめざして上京していた。アルバイトがてらに戦死者の肖像画を描いていたが、これがけっこうな収入になった。

啄木はそのことを友人から聞きつけていたのか、広一を訪ねては金を無心していた。広一はまもなく、都会生活に疲れたのか神経衰弱になり、郷里で療養することになった。東京を離れる前、啄木に会った。

「いよいよ『あこがれ』が出版の運びとなったので、近く帰郷して、正式な結婚式を挙げようと思う。その後、節子はもちろん、家族の者も連れて上京する予定だ。この近くの閑静なところに、家を物色中だから、そのつもりで用意しておくようにと、節子と家族に伝えてくれ」

啄木はここでも大見得を切った。

盛岡へ帰った広一は盛岡病院（現・県立中央病院）に入院した。

退院後、渋民にいる両親や滝沢村にいる節子に自宅に来てもらい、啄木の考えを伝えた。啄木もまた、両親や節子を安心させようと、ついつい詩集発刊ですべてが解決するようなことを書いた手紙を送っていたのだろう。

節子は三月三十一日で篠木尋常小学校の代用教員を辞めた。あるいはもともと年度末までの契約だったかもしれない。

だが、肝心の啄木からの連絡はなく、不安になった両親や節子が上野家に足繁くやってきた。広一は成り行き上、啄木に手紙をしたためた。これに対し、啄木は四月二十五日、詩集の出版が遅れていることを記した返信を投函した。

この日、一禎は盛岡市仁王第三地割字帷子小路《かたびらこうじ》へ一家の籍を移した。

啄木はまもなく大和館を飛びだした。借金の返済期限が迫っていたのだろう。

五月十一日、啄木は佐藤善助（のち平野八兵衛）と一緒に、明治大学に通う中館松生の下宿先に現れた。そこへ広一から二通の手紙が届いた。

中館は横になっている啄木に読んで聞かせた。読み終えると、啄木はおもむろに机の前に座りなおし、筆をとった。

「『あこがれ』はようやく昨日、製本が済んだ。明日郵送してもらう。家はもう見つけた。駒込神明町四百四十二番地の新しい静かな所。炊事係の婆さんも頼んである。せつ子には、よろしく伝えてほしい。天下の呑気《のんき》な男である啄木の妻になるには、駒込名物の藪蚊に食われる覚悟で上京しなくてはならない。家の片付けが済み次第、呼び寄せるつもりだ」（要約）

処女出版の詩集『あこがれ』は五月三日発行だが、実際にはかなり遅れた。発行所は小田嶋書房（京橋区南大工町）。初版五百部、再版五百部を刷り、定価五十銭で売り出した。クロス張りの上製本も百冊つくったが、「贈呈用に」などと言って、結局は啄木がすべて手にした。

詩集は出たが、啄木は起死回生にならないことを誰よりも知っていた。新進気鋭とはいえ、数えで二十歳の詩人に注目するのはごく一部の文学者だけであろう。国民は、日本近海に迫ったバルチック艦隊と、それを迎え撃つ連合艦隊のことで頭がいっぱいである。もしも連合艦隊が敗れれば、満州にいる陸軍は孤立し、日本はロシアに負けるかもしれない。

「印税など夢のまた夢か……」

このままでは節子さえ養えない。できれば、どこかへ逃げだしたい。

啄木は五月十二日から一週間、ユニオン会の仲間だった小沢恒一の下宿に泊まり、十九日には新年のカルタ会で顔を合わせた並木という女性の下宿を突然訪れ、空いている部屋に泊めてもらった。結婚式が迫っていながら自暴自棄《じぼうじき》になりそうになって、心が乱れた。

上野広一は帰郷した佐藤善助らと、東京の友人に手紙を出し、早急に啄木を盛岡へ送るように指示した。

晩翠の妻をだまして仙台を去る

東京にいた盛岡中学出身の田沼甚八郎、中館松生、田口忠太郎（のちに忠吉。盛岡市で写真機店経営）らは、啄木を帰郷させるために結束した。

彼らは、啄木が節子を捨て、どこかへ高飛びしようとしているのではないかと勘ぐっていた。まずは大柄な田沼が啄木を見下ろし、尋問した。

「なぜ、盛岡へ帰らないんだ！」

「実は、節子と結婚すれば、ある一人の女を殺すことになる。その女は俺を愛しているんだ」

「そんな馬鹿げた話があるか。とにかく帰れ。旅費は工面してやる」

「式を挙げても、世帯道具なども買わなくてはならないしな」

「それはそのときに相談しよう」

仲間は苦心して十円ほどをかき集めた。田沼は明治法律学校（現・明治大学）を辞め、東北医学専門学校（現・東北大学医学部）を受験することになっていた。

「ちょうどいい。石川君を仙台まで連れていけ。金をやればろくなことがない。上野では乗車券だけを買い与え、金は別れる間際にやれ」

田沼は仲間から啄木の監視役と護送役を押しつけられた。


五月十九日夜、田沼は啄木を押しこむようにして汽車に乗せた。

啄木は福島で「下車する」と言い張ったが、田沼は仲間との約束を守り、けっして許さなかった。二十日朝、汽車は仙台に着いた。

「詩人の土井晩翠に会わなくてはならない。ひと汽車だけでいい。下車させてくれ。

金を借りてくる」

　田沼はこれまでにない凄みのある表情にたじろぎ、うなずいた。

　二人は国分町でも一流の大泉旅館に荷物を預けてから、土井晩翠の家を訪れた。晩翠は詩集『天地有情』や「荒城の月」の作詞などで知られる詩人で、第二高等学校（通称は二高）の教授をしていた。

　啄木は田沼を門の前で待たせると、一人で中に入っていった。数分後、血相を変えて出てきた。

「大変なことになった。土井先生は二高に行っており、四時ごろでないと帰ってこないそうだ」

　田沼はいぶかったが、とりあえず啄木と別れたあと、大泉旅館に預けておいた荷物を持って、新しい下宿先に向かった。

　午後四時ごろ、大泉旅館にもどると、驚いたことに啄木は盛岡中学出身で東北医専学生の小林茂雄や猪狩見龍《いかりけんりゅう》らとビールを飲んでいた。

「泊まって、ゆっくりしていけと、土井先生から言われたよ」

　啄木は悪びれるふうもなく、先手を打った。しばし懐かしい同窓会の酒宴になった。肴は真新しい詩集『あこがれ』である。仙台にいる旧友たちは啄木が詩人として成功し、印税を手にしたと勘違いしていた。

その晩、田沼は下宿に帰り、啄木は小林や猪狩、船越金五郎が暮らす岩手県自治寮（萩友会）に泊めてもらった。

五月二十一日、啄木は仙台在住の詩人吉野臥城《がじょう》に伴われ、晩翠の家を訪れた。啄木から『あこがれ』を進呈された晩翠は、若い詩人の登場を素直に喜び、歓待した。写真や画集を見せながら、前年まで遊学していた欧州での体験談を語り続ける。蓄音機にレコードをかけ、クラシック音楽を聴かせた。

夫人の八枝子は手料理のオムレツなどでもてなしてくれた。

田沼は気が気でない。翌二十二日、いつまでも腰をあげようとしない啄木にいらだち、声を荒《あら》らげて説教した。

啄木は「自分のせいで女が自殺してしまった。そのために苦悶し、死ないしは社会からの隠遁《いんとん》を考えたが、晩翠に会って気持ちが軽くなった。今日午後一時の汽車で盛岡に帰り、すぐに節子を連れて上京する」などととりつくろった。

田沼は小林、船越と停車場で啄木を待ったが、出発時間が近づいても現れない。ようやくぎりぎりの時間に人力車に乗ってやってきた。

「早く、切符を買うように！」

田沼はせかしたが、「もう、遅れたよ。次のにするよ」などと言って、少しもあせらない。啄木は盛岡どまりではなく、青森行きに乗ろうと考えていた。

黒煙を吐いて車輪が回ると、責任を果たした田沼は深いため息をついた。

盛岡にいる石川家では、啄木の帰りを今か今かと待っていた。すでに五月十二日の時点で、一禎は盛岡市役所に婚姻届を出し、節子は石川家に入籍していた。

東京の友人から「石川君は十九日に出発した」との通知を受けた上野広一は、ようやく胸をなでおろした。両家の仲立ちをしながら挙式の日取りを三十日と決め、祝宴の準備にとりかかった。

石川家では、節子の親代わりになっていた村上庸高（元・仁王小学校教諭）の親戚筋にあたる人の家に転居した。のちに「啄木新婚の家」と呼ばれる家である。

ところが、何日経っても啄木は現れない。結婚の日取りが目前に迫ってきた。困惑した広一は、仙台から東京にもどっていた田沼甚八郎に電報を打った。

驚いたのは田沼である。てっきり啄木は自分に約束した通り、盛岡に帰って関係者に頭をさげてまわっているものとばかり思っていた。さっそく中館松生との連名で、啄木の行状やこれまでの経緯などをしたためた。

広一は、帰省中の佐藤善助や在京の友人の手紙で啄木の評判の悪さを聞いていたことから、佐藤と二人で節子に結婚を思いとどまるように説得した。

啄木の精神状態は最悪だった。東京で膨らんだ借金を踏み倒し、愛人の自殺といった、その場しのぎの嘘に嘘を塗り重ねてきている。

五月二十二日午後の汽車に乗ったあと、どうしても盛岡に帰りたくなかった。田沼には悪かったが、途中で汽車から降り、仙台にひき返した。

ふたたび大泉旅館にあがると、近くの広瀬川や青葉城を散策したり、毎晩のように小林茂雄や猪狩見龍らと酒宴を開いた。滞在中、小沢恒一や金田一京助には、仙台で詩人らしい時間を過ごしているような文面の手紙を出している。

頭の中は金策でいっぱいである。詩人ながら二高で教授をしている土井晩翠なら金を貸してくれると踏んでいたが、思っていたより難しそうだった。あれこれ思案したのち、とんでもない奇策を思いついた。

二十七日夕、番頭を呼ぶと、「大至急、これを土井先生の家に届けてほしい」と言って、書状を手渡した。

晩翠の妻八枝子は、はたと困った。大泉旅館の番頭が持参してきた啄木の書状を受けとったものの、夫は不在である。だが、「大至急願用」と書かれてある。八枝子は迷ったすえに、独断で開封した。

「本日着いた十歳になる妹の手紙を封入しておきますから、御覧になり、小生の意中をお察しください。旅費がないために、大恩ある母の死に目に万一会えないことになれば、実に千載の憾《うら》みです。原稿料がくるまで十五円お立替願いたい」

このような内容の文面だった。次に同封されてあった粗末なわら半紙を開いた。鉛筆書きである。ひらがなばかりで二枚にびっしりと、重体に陥った母親の容態が哀れに書かれてあった。

八枝子はすっかり啄木の妹が書いたものと信じこみ、心底同情すると、「今夜の汽車で発たせよう」と決め、人力車を呼んだ。

大泉旅館に着くと、お手伝いに案内してもらい、部屋に急いだ。きっと啄木は一人で思い詰めていることだろう。八枝子はせつなくなった。

襖が開けられると、意外な光景が広がった。啄木は二人の学生とビールを飲んでいる。黒い御膳の上に載っているしび（マグロ）の刺身が目に入った。

啄木は晩翠の妻が突然に現れて狼狽《ろうばい》した。もっと驚いたのは、八枝子である。母親がいつ死ぬかわからないときに、宴会をしているとは……。内心は苦しんでいるがそれを顔にださないでいる、というような表情ではない。

啄木は八枝子の困惑した表情に何も言えず、罰の悪い顔をして、金を受けとった。八枝子はいよいよ不快に感じ、お茶も飲まずに部屋を出た。

啄木は翌二十八日午後八時発の汽車で仙台を発つことにした。番頭に「宿泊代は土井先生が払ってくださる」と告げた。番頭は念のために土井宅に行って確認することにした。番頭が帰って来るまで、啄木は気が気でなかった。

八枝子は汽車賃は二円ぐらいだろうから宿泊代の不足分はたいしたことがないと思って承諾した。ところがあとで請求書を見て、びっくりする。結局、八円七十銭もの大金を支払う羽目になる。


あの頃はよく嘘を言ひき。

平気にてよく嘘を言ひき。

汗が出《い》づるかな。

花婿のいない結婚式

五月二十七日から二十八日まで、日本海海戦がくりひろげられた。連合艦隊はバルチック艦隊を撃破した。啄木の先輩である米内光政(中尉)も駆逐艦に乗り組み、魚雷攻撃に加わっている。

バルチック艦隊が断末魔《だんまつま》を迎えていたとき、啄木は仙台を発ち、行方をくらます。六日間、どこで何をしていたのかわからない。

次に所在を示すものは、

「友よ友よ、生は猶《なお》活きてあり、二三日中に盛岡に行く、願くは心を安め玉へ。三十日午前十一時十五分　好摩ステーションに下りて　はじめ」

と書かれた上野広一宛の葉書である。

啄木は結婚の日取りを知らされていたはずだが、まるで知らないような文面である。好摩駅に降りた啄木は、渋民村や近隣の村に住む知人を訪ね、あの手この手の方便で借金の申し入れをしていた。


啄木が葉書を書いていた三十日、盛岡の借家では、華燭《かしょく》の宴の準備が進められていた。成り行き上、結婚式の手伝いをしていた佐藤善助は、盛岡駅に汽車が着くたびに改札口の手前で首を伸ばし、啄木の姿を探した。

夕方、定刻を過ぎても花婿は現れない。粛然《しゅくぜん》とした雰囲気がくずれ、吐息がもれる。隣の者に耳打ちし、下卑《げび》た笑みを浮かべる者もある。部屋にもどっていた佐藤はいたたまれなくなり、用事にかこつけて帰ってしまった。

広一は近親者と相談したうえ、花婿の分の陰膳《かげぜん》を据え、式を挙げることにした。仲人役の広一は言い訳を交えて簡単な祝辞を述べた。

祝宴が始まった。両家の親たちは恐縮し、出席者一人ひとりに酒を注いでまわった。広一は新妻の表情をそれとなく観察した。

角隠しをした和服姿の節子はじっと座っていた。啄木は今にも現れると信じ、次第に酒がまわって行儀悪くなる出席者の笑い声を、どこか冷めた思いで聞いている。広一にはそのように映った。落ちついた節子と、おろおろする親たちとの対照的な姿が印象に残った。

広一は疲れがでたこともあり、膳にはほとんど箸もつけず、酒も遠慮して辞去した。外に出てから、怒りがこみあがってくる。どんな理由があったにせよ、断じて啄木の無軌道ぶりを許すわけにはいかない。

翌朝、一禎に伴われて節子が上野広一の住まいを訪れた。平身低頭《へいしんていとう》して前日のことを詫び、御礼を述べた。

「これはほんの気持ちです」

一禎は釈迦の涅槃《ねはん》像の一軸（掛け軸）をさしだした。

「これは寺宝であり、滅多なことでは受けとることはできません」

一禎がむりやり押しつけようとしても広一は固辞した。

「私は啄木並びに親友たちから頼まれた自分の責任を果たしたので、今後いっさい手をひき、石川君との交際も絶つことにします」

「そう言わず、どうか今後も息子を見捨てずに、よろしく頼みます」

一禎はしきりに頭をさげた。節子は冷静だった。顔色を変えず、無言で広一を見ていた。まるで啄木を蔑視する者を軽蔑するかのように。

その後、啄木から（前述の）葉書が届いた。広一は呑気《のんき》で無責任な文面に接し、腸《はらわた》が煮えくり返った。

六月二日、広一は節子から自分と佐藤に宛てた封書を受けとった。手紙は文語体で、男が書いたのではと思うほどの力強い筆跡だった。

「吾は啄木の過去に於けるわれにそゝげる深身の愛又は恋愛に対する彼れの直覚を明にせんとて今此の大書状を君等の前にそゝぐ（中略）我はあく迄愛の永遠性なると云ふ事を信じ度候（後略）」

「愛の永遠性か……」

節子の気丈《きじょう》な性格、啄木への一途《いちず》な思いを知ったが、これまでしてあげたことへの感謝の言葉もないとあって、深いため息をついた。

六月四日夜、広一は盛岡に立ち寄った叔父に同行し、北海道へ旅立った。その日、入れ替わるように啄木が盛岡の新居に現れた。

啄木は広一の伯母にあたる上野さめ子に、「将来、岩手県で名を成すのは、原敬と上野広一と、俺だ」と話している。

広一はのちに原敬に認められてパリに留学し、洋画家として大成する。二度と啄木に会うことはなかった。

第二章　別離と流浪のはざまで

「我が四畳半」での新婚生活

啄木は二十歳で家庭を持ち、盛岡市帷子小路八番戸藤原方で新婚生活に入った。その家は茅葺き屋根で、当時何軒か並んでいた旧侍屋敷のうちの一軒だった。その家は「啄木新婚の家」（中央通三丁目十七の十八）として公開されている。

石川一家は家の四分の一にあたる裏座敷を借りていた。

西側にある玄関（「啄木新婚の家」は東側玄関を利用）を潜ると、二畳間があり、南隣に四畳半、その奥に八畳間があった。家全体ではさらに数部屋ある。両親と妹は八畳間で起居し、新婚夫妻は狭苦しい四畳半で過ごした。

新婚生活の一端は、啄木が岩手日報に連載した「閑天地《かんてんち》」（六月九日～七月十八日）のうち「我が四畳半」（六月二十一日～二十九日）に描写されている。

それによれば、室内は雑然としてむさくるしく、古格子付きの窓には雨雲色にくすぶった紙障子四枚が立てられ、うち二枚にはガラスが嵌《は》められている。西向きで朝日に照らされることがないため、啄木は安心して朝寝坊ができた。

天井には長方形の貼り紙が新旧二十枚ほど貼られ、裂けたままのところもある。さながら「天井界の住人」が放尿したような斑点もあり、濃淡に煤けた汚い天井を見ていると、世界滅亡の日の大空もこのような色ではないかと、啄木は想像を働かせた。畳といえば、たいていは「海の色」（啄木の表現）をしているものだが、この部屋の畳は焦茶色をしており、ところどころ崩れかかっている。

「学者が何か新発見をして博士号をとろうと思うなら、顕微鏡を持ってきて、この壁を仔細《しさい》に検視すればよい。そうすれば数えきれないほどのバチルス（ドイツ語で桿菌・細菌）のなかから、未発見の種類が見つかることだろう」

啄木はこのような内容のことを自嘲《じちょう》ぎみに書いている。いかに老朽化した陋屋《ろうおく》だったかがわかる。

窓の下には一尺五寸（約四十五センチ）幅の炉があり、五合入りの古鉄瓶が昼も夜も蒸気をあげていた。この鉄瓶は父一禎が世帯をもったとき、師の葛原対月からもらったもので、少なくとも四十年は使われている骨董品《こっとうひん》であった。

四畳半には、啄木と新妻、それに妹光子が同居し、文机（和机）は三脚あった。左隅の窓の下にあるものは光子が使っており、机の上には女学校の教科書や女性向け雑誌、筆立、インク壺などが置かれてある。

右隅には節子の文机があった。数冊の詩集や小説、『音楽の友』『明星』、楽譜帖、『日本大辞林』などが置かれてある。むろん『あこがれ』も。うずたかく重ねられた本の間には、クミチンキの薬瓶がある。胃薬にも使われる薬品だが、節子はヴァイオリンを手入れするために使っていた。

このヴァイオリンは、啄木が東京にいたとき、節子の親友で和裁洋裁女学校に在学していた金矢（和久井）信子から借りた八円を元に購入し、贈ったものである。啄木と同じく多才な節子は女学校のときにヴァイオリンを習い始め、師範学校の黒部という教師に才能を見いだされ、腕をあげていた。

机上の小瓶には、薄紅の野薔薇の花が咲いている。部屋の中央には、啄木の文机がでんと構え、脇には竹と和紙でできた屑入《くずいれ》が置かれてあった。

薄汚い部屋を明るくしているのは、白薔薇の鉢植である。一輪はまだ蕾だったが、もう一輪は大輪の花となって咲き、芳香を漂わせていた。

新婚の家は節子の実家と目と鼻の先にあった。道路の曲がり角にあって二面が街路に面している角屋敷である。付近にある家のほとんどは生垣だったが、その家は板塀だった。節子の妹や弟は「新しい兄さんがきた」とはしゃぎ、板塀の節穴から中を覗いたりした。

庭にはたくさんの柿の木が植えられていた。梅の木もあった。啄木は「お腹をこわすから、食べるな」と叱る母親の目を盗んでは、まだ未熟な青梅を竿で落とし、こっそり頬張った。

この新居で啄木は孝子を思う長詩「妹よ（たか子に）」、「琴を弾け」などを詠んだ。つかのまの穏やかな時間が一つ屋根の下に流れていた。

『小天地』を創刊するも

啄木が六月四日に入居してから三週間後の二十五日、一家は加賀野磧町《かわら》四番戸に引っ越した。現在の加賀野一丁目である。

やはり茅葺き屋根の家だったが、立派な門構えであり、玄関(二畳)、四畳、四畳半、六畳、八畳と五間があり、屋敷と呼んでもいいほどの大きな家だった。畳も襖も障子も壁も皆新しい。啄木は八畳間を自分の居間にした。

その家は本町方面からやってくると、中津川に架かった上の橋を渡り、小路を左折した上流沿いにあった(現在、跡地にはアパート「啄木荘」が建つ)。近所には節子の伯父堀合忠直が住み、節子の母の実家である石井家もあった。

帷子小路の家は蚊が多く、近くの田んぼなどから蛙の鳴き声が聞こえてきたが、磧町の新居はそれほどでもなかった。庭には樹齢二百年は経っているのではと思われる伽羅《きゃら》の樹があり、薔薇や紫陽花《あじさい》などの花が咲いていた。

裏側(西側)からは、中津川のせせらぎが聞こえてくる。梢を渡る風も涼しい。前の家と比べたら天と地ほどの違いがあった。

家賃は五円である。「金欠病」の石川家では工面できない。のちに啄木本人が書き残した「借金メモ」によれば、堀合家(節子の実家)から百円もの大金を借りている。この時期に援助してもらったと思われる。

家には、盛岡在住の文学青年や盛岡中学時代の文学仲間などが入れ替わり立ち替わりやってきた。啄木は黒紋付の羽織を着こんで、腕組みをしながら文学愛好者と語らった。歌会も催した。啄木と節子は本人たちが意識するにせよ、しないにせよ、新詩社の与謝野寛と晶子のような存在になった。

啄木は人力車が大好きである。自尊心を満たしてくれる乗り物だったらしく、東京や仙台、盛岡でも人力車を利用した。磧町から官庁街の内丸までは歩いていける距離である。にもかかわらず、あえて人力車に乗り、庶民の耳目《じもく》をひいた。

八月十一日、盛岡中学の後輩にあたる大信田落花《らっか》（本名・金次郎）が、加賀野磧町の石川家を訪ねてきた。

落花は盛岡の呉服商「泉屋」の御曹司《おんぞうし》だった。大信田家はその昔、大迫《おおはさま》（現・花巻市）の豪族で、藩政時代には金山経営で財を成したが、享保年間に没落した。泉屋は大信田勘十郎が創業し、市内でも指折りの呉服商として繁盛していた。

落花は明治二十二年十月、七代目勇八（市会議員）、ミツの二男として同市川原町に生まれた。ミツの父親は「糸治」の屋号で知られる豪商の中村治兵衛《じへえ》である。中村は原敬の支援者で、のちに貴族院議員を務める。

落花は盛岡中学を中途退学して上京し、前年四月に大倉商業学校に入学した。下宿先では、評論家・自然主義作家の岩野泡鳴と壁を隔てて暮らしていた。

泡鳴の影響を受けた落花は学業そっちのけで文学に夢中になった。泉鏡花《いずみきょうか》に傾倒し、筆名も鏡花にあやかったといわれる。面長で鼻が大きく、歌舞伎役者を思わせる顔立ちをしていた。

帰郷していた落花は、啄木の評判を聞きつけ、やってきたのだった。

啄木の目には、落花が飛んで火に入る夏の虫のように見えたことだろう。落花と三時間かけて話しあい、作品の掲載とひきかえに文芸誌『小天地《しょうてんち》』の発刊に必要な資金を支援してもらう約束をとりつけた。落花の気が変わらないうちにと、彼を伴って印刷所や書店などをまわり、段取りをつけた。

啄木は『小天地』を「ハイカラな雑誌」とするために、文学仲間だけでなく、新詩社の人脈を利用し、中央の文壇で活躍する著名人にも原稿を依頼した。

まもなく長詩、小説、短歌などの原稿が寄せられてきた。

寄稿者は、岩野泡鳴、劇作家の小山内薫《おさないかおる》、与謝野寛、正宗白鳥、平野万里《ばんり》と、地方都市の文芸誌としてはぜいたくな著名人も含まれていた。ほかに細越夏村、金田一京助、盛岡高等小学校恩師の新渡戸仙岳《にとべせんがく》など、目次に載っただけで三十人ほどにのぼった（目次以外にも執筆者がいた）。

啄木は『小天地』を編集するにあたり、『明星』を真似た。

裏表紙には、南部特産の紫紺染《しこんぞめ》を商う糸屋商店（糸治）が全面広告を出し、その内側には奥付と啄木の処女詩集『あこがれ』の広告を入れた。

本文に続く広告ページには赤い紙を使い、肴町の錦糸商・泉倉商店（泉屋）、十三日町で仕立物類一切を扱う長岡商店（向井屋）、書籍新聞雑誌を取り扱う東北堂などのほか、上田敏の詩集『海潮音』、蒲原有明《かんばらありあけ》の詩集『春鳥集』など出版社の広告を連ねた。商店の広告は落花の斡旋による。編集人は本名の石川一、発行人は一禎。定価は十二銭と定めた。

啄木は痔に苦しんでいたが、徹夜で編集作業を続けているうちに、胃腸まできりきりと痛みだした。京助や節子の応援を求め、上の橋の右岸にある本町百三十四番戸（現・本町通一丁目）の印刷所（経営者・岡本菊松）に通った。その印刷所は、内丸方面から来る大手先《おおてさき》と本町通りがぶつかるところにあった。

ときには活字を拾う文選工や印刷工にソバをふるまったり、校正刷りが出るまで慰問のつもりでヴァイオリンを弾いたりした。

当初は九月一日の創刊を予定していたが、作業が遅れたことから五日発行とした。それでも間にあわず、実際には十日前後までかかったらしい。

とにもかくにも『小天地』は誕生し、執筆者などへ発送された。岩手日報は発売前の八月十八日から九月九日までの間に十一回、無料で広告を載せてくれた。

九月五日、アメリカ・ニューハンプシャー州ポーツマスで日露講和条約の正式調印が行われ、日露戦争は終わった。

同日、調印反対などを叫ぶ全国大会が日比谷公園で開かれた。一部の民衆が暴徒と化し、内務大臣官邸や警察署、教会、電車などを襲撃した。帝都は騒乱状態になり、政府は翌六日、戒厳令を敷いた（日比谷焼打ち事件）。

啄木の大言壮語《たいげんそうご》の癖は直らない。金田一京助宛の手紙には、

「小生も在京中なら交番の一つや二つは一人で焼いてみせたものを。何年かの後には小天地社の特有船が間断なく桑港《サンフランシスコ》と横浜の間を航海し、部数三十万位ずつ発行するようにしたいものである」（要旨）

と、途方もない大きな夢を語る一方で、

「渋民あたりで小活版社を起こし、紙数を十ページくらいにして、自ら書き、自ら印刷し、自ら製本して、一部二円ぐらいのものを百部以上は刷らないことにして、やってみたいとも思う」と、弱気な一面も覗《のぞ》かせた。

というのも、三百部刷った『小天地』はほとんど売れなかった。批判的な手紙も舞いこんできた。特に啄木の巻頭言と最後を飾る長詩「佛頭光」（九ページ）だけ

を大きな四号活字にしたことへの辛辣《しんらつ》な意見が目立った。

岩野泡鳴や細越夏村など『白百合』派作家の作品を載せたことへの不満も、新詩社の同人から寄せられた。啄木は短歌十首も掲載している。短歌を寄せた古海琴子は啄木自身の匿名ともいわれる。

節子は、石川節子の名で詠んだ「こほろぎ」十三首をはじめ「せつ子」「石川せつ子」の名を含め計二十首の短歌を発表している。さながら『小天地』の主役は石川夫妻であるといわんばかりである。

これに対しスポンサーである大信田落花は、発表を希望した小説は次号に見送られ、短歌七首のみ掲載された。

落花はひどく落胆し、これ以降の支援を拒んだ。啄木の甘い読みが狂った。二号の原稿はある程度集まっていたが、続刊を出すめどが立たなくなった。

この年の夏は、東北地方を中心に冷害になった。農村は疲弊《ひへい》し、都市部の経済活動も停滞した。盛岡は人口約三万五千人の地方都市であり、知名度のない地元の文芸誌が売れないのも当然であった。

啄木は病気を理由に「二号は特別秋季号として十一月に出そうと思う」と文学仲間に話したり、手紙に書いたりしたが、その場しのぎの方便にすぎなかった。

米櫃《こめびつ》の底が見え、その日の食事にも困るようになった。節子が嫁入りのときに持参した着物は質屋の暖簾《のれん》を潜り、家財道具も売られた。父一禎が渋民にいたとき大工に作らせ妹光子が愛用していた欅《けやき》の箪笥、古鉄瓶も消えてしまった。

　啄木の辞書や蔵書の多くも古本屋へと運ばれた。古本屋の大沢書店では大量の『小天地』の処分にこまり、紙屑屋に売り払った。金目のもので残っているのは、ヴァイオリンだけになってしまった。


　明治三十九年（一九〇六）が明けた。

　啄木は岩手日報元旦号の五ページ目にエッセイ「古酒新酒」を、節子は「白命遺稿をよみて」を発表した。白命とは、若くして亡くなった文学仲間の高橋白命のことである。このとき啄木は日報から初めて原稿料二円をもらった。前年に続き年賀広告も出している。『小天地』で載せてもらえなかった大信田落花の小説「龍膽《りんどう》花」は、四ページ目の全面に掲載された。

　啄木は、年賀状の束のなかに小沢恒一のものを見つけた。小沢からは前年八月、「さらば友よ、今后は永久に汝の敵也」と末尾に記した手紙をもらっている。かつとなった啄木は辛辣に綴った絶交状を書き送った。ユニオン会のほかの面々とも絶交状態にあった。

その後《のち》に我《われ》を捨てし友も
あの頃は共に書読《ふみよ》み
ともに遊びき

四日には自宅で盛大なカルタ会を催し、大勢の男女が飲み食いしながら興じた。啄木は「はい！」と大きな声を発し、平手でピシャリと叩いてとる名人である。八日夜には節子の実家でもカルタ会を開いた。

二十九日夕、節子は啄木の手紙を持参し、カルタ会に出ていた西力造を訪ね、五円ないしは十円を借りた。啄木は愛妻に借金の使いまでさせていた。

このころ仕事のない父一禎は盛岡を去り、青森県野辺地にいる葛原対月のもとへ赴いた。一禎は五十六歳、老けこむ年ではなかったが、これといった仕事もなく、隠居同然の暮らしをしていた。

二月初め、啄木は上京していた大信田落花から依頼され、節子に頼んで銀行から落花の金を引き出した。ところが東京には送金せず、一部を勝手に拝借し、大島《おおしま》紬《つむぎ》の上等な和服や高級な襟巻《えりまき》などを買い求めた。

その和服を着て歌人の高野桃村《とうそん》（俊治）と内丸の松尾写真館に行き、二人並んで撮ってもらうと、日盛軒まで行き、豪勢な洋食をふるまった。高野は前年八月、啄木が岩手日報に連載した「岩手県師範学校校友会雑誌を読む」で短歌を褒められたことがきっかけで啄木を訪れるようになり、『小天地』に寄稿した。のちに県会議員や郷里の江刺郡愛宕村《おだきむら》（現・奥州市江刺区）の村長を務める。

石川家で比較的裕福なのは、山本千三郎に嫁いだ次姉トラである。啄木は小笠原迷宮（謙吉）から旅費十五円を借り、二月十六日に盛岡を発ち、玄海丸で津軽海峡を渡った。二度目の北海道行きである。

このとき山本は函館駅の駅長だった。啄木は函館に四日間滞在し、資金援助を求めた。帰りは野辺地の常光寺に寄寓《きぐう》している父親に会って相談したり、渋民の知人宅に泊まったりして、二月二十四日ごろに盛岡へ帰った。

悪いことは重なる。秋田県の小坂鉱山で暮らしていた長姉田村サダが二十五日、肺結核で死去した。享年三十一。あとには五人の子女が残された。長姉の死は啄木にこたえた。母カツは悲嘆に暮れた。

「渋民に帰ろう」

啄木が言うと、盛岡の生活に馴染めなかったカツは泣いてうなずいた。

日本一の代用教員をめざす

三月四日朝、一家は加賀野磧町の借家を引き払った。といっても、父一禎は野辺地で暮らし、妹光子は盛岡女学校の女教師の家に下宿することになっており、渋民に行くのは三人だけである。啄木は母カツと節子を伴い、盛岡駅午前七時四十分発の下り列車に乗りこんだ。

啄木は前年六月四日、「新婚の家」に住んで以来、盛岡に九か月間滞在した。この間、借金は二百八十三円にのぼっていた（「借金メモ」による）。このなかには磧町の家賃八か月分とみられる四十円も含まれている。啄木は友人や知人、親戚などの善意を踏みたおし、盛岡を去ったことになる。

好摩駅に降り立った三人は、凍てついて横滑りする雪道を四キロほど歩き続け、宿場町の風情を残す通りに面した斉藤（齊藤）トメ方にたどり着いた。住所は渋民村大字渋民第十三地割字愛宕二十四番地十番戸である。

啄木はとりあえず六畳間に机を置いた。畳も障子の紙も黒い。土塗りの壁は何十年もの煤で汚れていた。

三人で取り片付けをしているうちに日が暮れた。晩餐には知人が数人のみやってきた。引越し祝いの盃も四合瓶一本の古酒で事足りた。

「これでとうとう渋民へ来たんだな。何かしら変な感じだ。安心したような、気が抜けたような……」

啄木はこの日から「渋民日記」をつけている。まるで日記の「読者」を意識したようなエッセイ風の文体である。

「渋民は、家並百戸にも満たぬ、極く不便な、共に詩を談ずる友の殆《ほとん》ど無い、自然の風致の優れた外には何一つ取柄の無い野人の巣で、みちのくの広野の中の一寒村である……」

すぐ近くに宝徳寺があるのに、今は手の届かないところにある。啄木は何とも言いようのない気持ちで眠りについた。

斉藤家で迎えた最初の朝（三月五日）、早起きが苦手な啄木も新生活を意識し、午前七時ごろに起床すると、配達された讀賣新聞、毎日新聞、万朝報、岩手日報の四紙に目を通した。四紙も購読している村民はまずいない。これも「さすがに文化人は違う」と思わせる啄木の演出といえるだろう。

午後、女教師の上野さめ子がやってきた。さめ子は、啄木が結婚式をすっぽかして迷惑をかけた上野広一の伯母にあたる。啄木は明るい表情をつくって再会を喜んだ。さめ子は敬虔《けいけん》なクリスチャンである。

啄木は「クリスト（キリスト）もまた人間であった。そのことが何より力と慰めを与えてくれる」などと、救世主キリストよりも人間イエスに惹《ひ》かれていると話した。さめ子は憂い顔で啄木を見ていた。

わがために
なやめる魂《たま》をしづめよと
讃美歌《さんびか》うたふ人ありしかな

わが村に
初めてイエス・クリストの道を説きたる
若き女かな

啄木は移転早々で小遣いがない。つい金を無心した。さめ子は返ってこないとわかっていながら、三円を手渡した。帰郷後、最初の借金である。
啄木は皆で晩飯を食べたあと、節子とさめ子、村の子供らを伴い、靴が沈まないほどに固くなった春先特有の雪を踏んで散策した。月光に照らされて浮かびあがる岩手山が神々しかった。

当時の渋民尋常高等小学校は、盛岡方面から宿場町に入ってまもなく、山頂に愛宕神社がある愛宕の森の麓にあった。啄木が「生命の森」と呼んだ山である。一家が間借りしている斉藤家とは目と鼻の先にある。

啄木の帰りを喜んだ高等科の児童たちは、連日のように遊びにやってきた。啄木は子供に慕われていた。啄木も子供が好きである。子供たちは啄木が弾くヴァイオリンに合わせ、唱歌を歌った。

その昔
小学校の柾屋根《まさやね》に我《わ》が投げし鞠《まり》
いかにかなりけむ

子供たちとは対照的に、村の大人たちは、前住職の一禎がいない石川家とどのような距離をとっていいのか迷っていた。とくに盛岡で生まれ育った節子には奇異なまなざしが向けられた。

節子は近所の住人と同じように愛宕の森近くにある愛宕清水で水を汲んだ。肩で担ぐ天秤棒《てんびんぼう》は使わず、井戸からくみあげた桶を両手に下げて休み休み運んだ。長袖の着物を着ていた節子に、誰も手を貸そうとはしなかった。

この間、岩手郡視学の平野喜平は、人事に頭を悩ませていた。平野は以前、同じ岩手郡役所で勤務する堀合忠操から頼まれ、長女の節子を篠木尋常小学校の代用教員に採用したことがある。

今度は節子の夫である啄木を渋民尋常高等小学校の代用教員にしてもらいたいとの申し出を、同じ忠操から受けたが、そもそも啄木は師範学校を出ておらず、教員資格がない。同小には欠員もいない。

そこで有資格（準訓導）の高橋乙吉をわざわざ滝沢尋常小学校へ転任させ、啄木を入れることにした。幸い渋民小の遠藤忠志校長は平野と岩手師範学校の同窓だったこともあり、少々の無理がきいた。

そのような舞台裏を知ってか知らずか、啄木は三月十一日、

「四月より当村小学校に教鞭《きょうべん》をとる筈に相成居候。月給八円の代用教員！　天下にこれ程名誉な事もあるまじく候が、これは私自身より望んでの事に御座候。但し、自己流の教授法をやる事と、イヤになれば何時でもやめる事とは、郡視学も承知の上にて承諾せし」

と、日記に候文《そうろうぶん》で記した。

石川家は借金で首がまわらず、長女サダの葬式にも参列できなかった。

不憫《ふびん》に思った母カツは三月十八日、村の巫女《みこ》のところへ行き、亡きサダの魂と対

話を試みた。この日、妹の光子が春休みで盛岡からやってきて、ひさびさに一家四人となった。光子は四月六日まで滞在する。

啄木は学校から借りた楽譜を写したり、村内の嫁入りの模様を眺めたり、ワグネルの写真を床の間に掲げ、トルストイやショーペンハウエル、ニーチェなど哲学の世界に思いを馳せては思索に耽った。

啄木には、なんとしても父一禎を宝徳寺住職に復帰させたいとの思いがあった。そのために東京の曹洞宗宗務局や地元の住職などに働きかけてきた。

一禎の免職後、宝徳寺は代務住職の中村義寛がとりしきっていた。村内には石川家に追い出された遊座家を慕う昔からの檀家もいる。村内は新旧三派による利害関係が絡みあって、複雑な図式を描いていた。

中村は下閉伊郡船越村（現・山田町）海蔵寺の徒弟だったが、盛岡の久昌寺住職海野義岳の推挙により、渋民に赴任してきた。檀家の評判も上々で、前年十一月、中村の住職継目願書が檀家総代名で、岩手県第一宗務所長に提出されていた。

ところが書類不備により、東京の宗務局には送られていなかった。おそらく啄木はこのことを聞きつけ、知人を介して画策をしていたのだろう。

三月二十三日、第一宗務所長で川口村（現・岩手町）明円寺住職の岩崎徳明からいまだに後任が任命されていない寺院に限り、五月一日までに再住を出願できる」と書かれてあった。

「曹洞宗特赦令《とくしゃれい》」の写しが送られてきた。第二項には「転職罷免に処せられた者で、

「これだ！　これで復住できる」

啄木はすぐさま野辺地にいる父一禎に転送し、帰郷をうながした。

この日は渋民尋常高等小学校の卒業式が行われた。在校生と卒業生約三百人もの無邪気な児童が「蛍の光」を合唱したとき、啄木は胸がいっぱいになった。

夜には石川家と親しい沼田清民が現れ、啄木を快く思っていない連中が代用教員にさせまいとしていると告げ口した。

「ある者は自分を由井正雪《ゆいしょうせつ》と呼んでいるらしい。正雪とくらべられたら恥ずかしくはないが、彼らはおそらく正雪がどれほど偉かったか知らないだろうな」

啄木は意地悪く思った。由井正雪は江戸初期の軍学者である。倒幕を謀ったものの、計画が発覚したことから自刃《じじん》した。

そちこちから自分に関した噂が耳に入る。来客も増えた。啄木は子供たちにナポレオンやビスマルク（ドイツを統一し、鉄血宰相と呼ばれた政治家）などの偉人伝を語り、大人には世界情勢やヨーロッパの歴史について語った。さらには催眠術の話などをして煙に巻いた。

四月十日、野辺地にいた一禎が渋民に帰ってきた。啄木は二階の部屋に机を移した。妹光子は四日前に盛岡へもどったために父親には会えなかった。

翌十一日、啄木は「渋民尋常高等小学校尋常科代用教員を命ず。但し月給八円支給」の辞令を受け、十四日の土曜日から尋常科第二学年の教壇に立った。

父の帰郷、啄木の代用教員と、暗かった一家にやっと光明が射した。

息子の才能を信じていたカツの顔は明るくなったが、盛岡で生まれ育った節子の心は穏やかではなかった。

節子はカツが苦手である。実父と同じように二人の結婚に反対したこともある。なにかと気持ちのすれちがいが起こり、ささいなことでちょっとした言い争いになる。そのような日々の積み重ねによって不満が募っていった。

四月二十一日、啄木は徴兵検査を受けるために午前三時半に起床し、好摩駅で午前六時の汽車に乗り、沼宮内駅で下車した。検査場の沼福寺には午前七時半ごろに着いたが、検査が終わったのは午後一時ごろであった。

結果は「身長は五尺二寸二分、筋骨薄弱で丙種合格、徴集免除」であった。

啄木の身長は百五十八センチ。甲種合格や乙種合格と異なり、丙種合格は現役には適していないと判断される。軍医からは「お前の肉は全部集めても一皿もないだろうな」などと馬鹿にされた。

汽車賃が足りなかったのか、帰りは約十六キロもの夜道を歩き、午後十時ごろに帰宅した。二階への梯子《はしご》を這ってあがるほど、へとへとに疲れていた。

代用教員になった啄木には、

「偉人を作る道だった教育は今、富者の特権になっている」

「今人の教育は、天才を殺して平凡な人形を作っている」

「文部省の規定した教授細目は『教育の仮面』にすぎない」

との思いがあった。

渋民小には尋常科二百十五人、高等科六十八人の計二百八十三人もの児童が在籍していたが、教職員は遠藤忠志校長以下、訓導の秋浜市郎、上野さめ子、啄木の四人しかいなかった。月給は校長が十八円、秋浜が十四円（上野の回想では十三円）、上野が十三円（同十二円）、啄木は八円である。

啄木は日記のなかで、「ノンセンス（ナンセンス）な人相の標本といった様な校長と、この村の人で、三十年も同じ職に勤めて居る検定試験上りの訓導と、師範女子部出の、我が友、上野女子」と表現している。

四月二十六日からは、高等科生徒の希望者に英語の課外授業を始めた。

二時間ないしは三時間続けざまにやり、中学で二週間もかけてやる内容を二日間でやるほどの力の入れようだった。当時の小学校で英語の課外授業をしている代用教員は日本広しといえども、啄木ぐらいであったろう。

「余は日本一の代用教員である。これ位うれしい事はない。又これ位うらめしい事もない」「詩人のみが真の教育者である」

再住問題で村を黒煙に包む

啄木は「日本一の代用教員」を自負《じふ》していたが、授業に集中できない事態が起こる。一禎の帰郷後、宝徳寺の檀家間に、代務住職の中村義寛を推す一派と、一禎の復住を主張する石川派とが村の有力者を巻きこんで反目しあうのである。

両派の話しあいにより、いったんは曹洞宗本山の特赦を尊重し、一禎の再住出願を岩手県第一宗務所へ提出することになった。

「あと一歩だ」

と思っていた矢先、中村派は久昌寺の後押しにより、第一宗務所からもどされた継目願書を東京の曹洞宗宗務局に直接提出した。これ以降、両派はそれぞれに正当性を主張し、宗務局も困惑するほどの問題へと発展する。

「父が帰り、宝徳寺の再住の問題が起こってから、我が一家に対する陰謀はますます盛んになった」

石川派の首領は、村内北部地区の武道《ぶどう》に住む竹田久之助（元村会議員）だった。軍略家兼先鋒は沼田清民、これに村助役の畠山亨《とおる》が加わり、三羽烏として檀家を自派に引き入れるための懐柔策をくりひろげていた。

「かくて我が一家を――つまり予を中心とした問題が、宗教、政治、教育の三方面に火の手をあげて渋民村を黒煙に包んでしまった。この戦争は、十九世紀の初の仏国王党と革命党との戦争そのままである」

六月初め、畠山が助役の椅子を追われたうえ、沼宮内《ぬまくない》警察署長がやってきて尋問したことから、村中が大騒ぎになった。石川派にとっては大打撃である。

中村派の姑息《こそく》な仕打ちと思った啄木は、我を忘れて逆上した。

遠藤校長に面会するなり、怒鳴り散らし、食ってかかった。遠藤校長は温厚《おんこう》な性格だったが、啄木は中村派に与していると思いこみ、「気味悪い嚇《おど》し文句」（日記）を三時間にもわたって浴びせた。

その夜、中村派は秘密会議を開いた。啄木が岩手日報に記事を書いていたこと、郡役所や県庁に友人、親戚がいることなどを考慮したのか、翌日から遠藤校長らの態度ががらりと変わり、お世辞まで言うようになった。

当時の田植えは今より一か月ほど遅く、村あげての農作業になる。児童も手伝うために、六月十日から二週間、学校は農繁休暇に入った。

啄木は片道の汽車賃を役場から前借りし、十二日朝に上京した。それから十日間、千駄ケ谷の新詩社に滞在し、曹洞宗宗務局に出向いて父の再住を願い出た。

新詩社では近刊の小説類をむさぼるように読み、衝撃を受けた。

「夏目漱石《なつめそうせき》、島崎藤村《しまざきとうそん》二氏だけ、学殖《がくしょく》ある新作家だから注目に値する。アトは皆駄目。夏目氏は驚くべき文才を持っている。しかし『偉大』がない。島崎氏も充分望みがある。『破戒《はかい》』は確かに群を抜いている。しかし天才ではない。革命の健児ではない。『これから自分もいよいよ小説を書くのだ』という決心が、帰郷の際唯一のお土産であった」（日記の要旨）

「僕だって小説を書ける」（友人への書簡）

帰郷したら詩は当分休み、小説に没頭する決意をして、上野駅を発った。

汽車の窓
はるかに北にふるさとの山見え来《く》れば
襟《えり》を正《ただ》すも

啄木が上京している間、義父母が苦手な節子は里帰りしていた。汽車が盛岡駅に着くと、ホームで待っていた節子が乗りこんできた。

二人は手前の滝沢駅で下車し、恋人気分で歩いた。渋民に入ると、四、五人の児童がこちらを眺めている。

ふるさとの土をわが踏めば
何がなしに足軽《かろ》くなり
心重《おも》れり

委託金費消嫌疑であわや有罪に

啄木は七月三日、初の小説になる「雲は天才である」に挑戦した。

「六月三十日、S――村尋常高等小学校の職員室では、今しも壁の掛時計がいつものごとくきわめて活気のないものうげな悲鳴をあげて……」

出だしからわかるように、渋民尋常高等小学校が舞台で、登場人物のモデルは実在の教職員である。

啄木はこれを中断し、八日から十三日までに数回徹夜し、原稿用紙で百四十枚ばかりの「面影」を書き上げた。懸賞小説にも意欲を燃やした。脚本は『帝国文学』、小説は『早稲田文学』などと、具体的な応募先も決めていた。

手始めに一流出版社の春陽堂へ「面影」を郵送した。期待に反し、「主筆不在のため急には何とも出来ぬ」と送り返されてきた。それならばと、主筆の後藤宙外《ちゅうがい》へ送ったが、「原稿堆積のため当分ダメ」との書面とともにもどってきた。わざわざ「今の世で筆で立つという事は到底至難」との忠告まで添えてある。

「ちくしょう」

啄木は悔しかった。どうして誰も自分の才能を認めてくれないのか。『小天地』に寄稿してくれた劇作家の小山内薫なら何とかしてくれるだろうと思い、発送した。が、結局は不採用となる。

渋民小は八月一日から暑中休暇に入った。啄木は三百枚の小説と脚本「長夜」を書くつもりだったが、それどころではない事態が起こる。

四日朝、沼宮内警察分署長の名で「聴取《ききと》る儀がある」と記された葉書が配達された。啄木は午後二時半の汽車に乗り、出頭した。

下斗米《しもとまい》という署長が訊問した。

「大信田金次郎（落花）という人を知っているか？」

「ええ、私の親しい友人です」

「君に、彼から預かった委託金を費消した嫌疑がかかっている」

啄木は仰天した。落花ではなく、彼の親族が告訴したという。もしも起訴されたら代用教員の職を失うだけでなく、人生そのものが暗転してしまう。分署を出るなり、沼宮内駅前の小さな茶店に飛びこみ、落花宛に長文を綴った。

「兄よ、兄よ、石川啄木が一生の死活は今なり……」

啄木は盛岡に直行したいが二十銭しかないこと、「面影」の原稿料が入り次第、金を持参することなどを切々としたため、「何とぞ男一人の生命を助けるために、かの一件を願い下げてほしい」と切願した。

「あゝ兄よ。兄願くは石川啄木をして猶この世に生かしめよ」

三日以内に返書がなければ、自ら命を絶つと匂わせる一文も記した。さらに封書が、告訴した家族に渡らないようにと、差出人を沼田三之助の変名にした。

ちなみに、委託金費消の一件はよく『小天地』の出資金と混同されるが、それとは別の金銭問題である。半年前の二月はじめ、啄木は、文学で身を立てようと上京していた落花から頼まれ、銀行口座から百円を送金する約束をしていたが、節子に下ろしてもらったまま、送らなかった。その金の一部で上等な和服を買ったことは前述したとおりである。

八月七日、ついに盛岡地方裁判所検事局から呼び出しの葉書が届いた。啄木はその夜、盛岡に出ると、翌八日に大信田家を訪れた。日記では「大いにもてなしてくれた」と強がっているが、父子の前で謝罪したと思われる。九日午前、啄木は同検事局に出頭した。第二号調書の部屋において、「ハイカラな書記」（のちに盛岡市長となる中村謙蔵）を従えた検事から訊問を受けた。その後、検事局は落花にも訊問したうえで、「軽微で不起訴」とした。警察は起訴の意見だったが、大信田家が示談を認めてくれたらしい。

啄木は十九日、この間中断していた日記に事件の経緯をまとめた。日記では渋民の反対派による捏造《ねつぞう》事件として冤罪《えんざい》を強調しているが、大信田の温情によって、啄木は「一月以上二年以下の重禁錮」をまぬがれたのである。

堀田秀子が着任する

委託金費消疑惑という最大の危機を乗りきった啄木は、ドイツ語の自学を始めた。『新独和辞典』と首っ引きになり、参考書の『ジャーマンコース』をめくり、詩集（ハイネ、シルレル、ケルネル、レナウ）の翻訳に挑んだ。

いずれの詩集も帰省中の金田一京助からもらったものである。京助は東京帝国大学文科大学言語学科三年生だった。この夏、初めて北海道に渡り、アイヌ語の研究に乗りだした。京助にとっては人生の分岐点《ぶんきてん》となる旅となった。

啄木はこのころ、小説の構想が次から次と思い浮かび、日記に書きつけた。たとえば「岩手山の頂上に住んで居た美人の恋」とか、「ピラミッド」（ピラミッドを建ててくれと言い残して死んだ少年の話）、「平凡なる一小説家と其の妻」、「啄木が帰任してからの渋民村」（一大社会小説）などである。

ピラミッドというタイトルは目新しいが、啄木は以前からノアの洪水やバベルの塔といった旧約聖書の物語、スフィンクスなど古代エジプト、古代ギリシャ・ローマ帝国、十字軍など西洋の歴史に関心をもち、勉強していた。

子弟の教育にも熱心だった。十月一日からは自宅で朝読を始めた。二十人ほどの生徒が夜が明けきらないうちから我先と集まってきた。小学校では尋常二年のほかに高等科の地理、歴史、作文も受け持った。

別れは突然、やってくる。

親しかった上野さめ子が本宮村（現・盛岡市本宮）の小学校に転勤することになり、十月四日、離任式が行われた。

「みなさん、本を読むようにしなさいね。本を読んで、広い世界を知り、大きく成長してください」

さめ子は涙で頰を濡らし、声を絞るように話した。生徒は感涙し、すすり泣きがやまない。啄木ももらい泣きしてしまった。

六日、さめ子は好摩駅で汽車に乗り、渋民を去っていった。車窓からちぎれるように振られる白いハンカチが啄木の目に焼きついた。

さめ子の後任に、やはり師範学校出身の堀田秀子《ほったひでこ》が着任した。丸顔の美人である。啄木はたちまち新しい女教師にひかれた。

見もしらぬ女教師《をんなけうし》が
そのかみの
わが学舎《まなびや》の窓に立てるかな

節子は妊娠し、おなかが大きくなっていた。臨月が近づいてきたことから、十一月十七日に里帰りした。啄木はその二日後から左の胸に痛みを覚えた。

「ああ、肺病になるのか？」

一瞬、不治の病に罹ったのかと心配したが、筆をとるとき左の胸を机の角で圧迫する癖のせいだった。痛みがとれないために五日間欠勤し、この間に小説「葬列」

の前半五十七枚を脱稿して『明星』へ送った。

「葬列」は、かつて盛岡市加賀野磧町の家に遊びにきた義妹孝子から聞いた話を脚色したものである。節子の実家や、恩師の新渡戸仙岳、盛岡中学の友人など実在の家や人物をモデルにした。

十二月三日、盛岡中学の校友会から依頼されていた寄稿「林中書《りんちゅうしょ》」を脱稿し、送った。このなかで日本の教育を「木乃伊《ミイラ》」にたとえ、辛辣《しんらつ》に批判した。

同じ日、『明星』十二月号が届いた。啄木は締切を過ぎてから出したこともあり、あまり期待していなかったが、思いがけなく「葬列」が掲載されていた。

これが活字になった最初の小説である。京助からは、「後半は泉鏡花や夏目漱石以上のもの」などと絶賛する手紙が届いた。

気をよくした啄木は後日、「渋民日記」を訂正、改題した「林中日記」約五十枚（其一）を『明星』へ送った。啄木はいずれは作品として手直しして発表する意図もあって、日記をつけていたことになる。

盛岡にいる節子からは、十二月六日に手紙が届いていた。

「私は君を夫とせし故に幸福なりと信じ、且つよろこび居候、生るるは京ちゃんにて候ふべきか。まちどほしく候ふかな。十二月五日夕、なつかしき啄木様み許に。せつ子」

かねてから夫婦のあいだで、もしも女の子が生まれたら、京助の一字をとり、雅《みやび》にして優しい「京子」と名づけることで意見が一致していた。男の子なら、尾崎行雄の「行雄」をつけることにしていた。

ところが、啄木はその前夜、出産間近の妻を思いながらも、堀田秀子の下宿を訪れ、親しげに語らっていた。啄木は秀子と歓談し、小説の材料を三つ仕入れていた。節子が夫を思って筆をとっていたとき、啄木は秀子に向かって歩いていた。

「若きお父さん」になる

明治三十九年（一九〇六）十二月二十六日夜、雪がしんしんと降っていた。午前零時ごろ、いったん床についたが、眠れない。節子の出産予定日は二十日だったが、もう一週間も過ぎていた。それが一番の気がかりである。

啄木は部屋の隅にある竹行李の中に、この五年間に節子に送った手紙の束を入れてあることに気づいた。床を離れて立ちあがると、ランプの灯りを強め、火鉢の火を熾《おこ》した。部屋が温かくなると、行李から百数十通という手紙をとりだした。

「これが若き血と涙で綴られた不磨《ふま》の表号……我が初恋……いや、一生に一度の恋の生ける物語なのだ。自分と妻せつ子との間の！」

読み返してゆくうちに過去の情景が思い浮かび、せつなくなった。

「せつ子よ、せつ子よ、予は御身《おんみ》を思ふて泣く。

あゝ、御身は実に我が救主であった。今の自分に、若《も》し人に誇るに足る何物かがあるとすれば、それは皆御身の賜物なのだ。嘗て、前後二回、死なうと思った事のあるこの身の、今猶《いまなお》生きて、しかも喜びを以て生きて居るのは、たゞ御身といふ恋人のあった為めではなかったか。御身はこの身にとってこよなく愛らしき懐かしきもの、又同時に、こよなく貴き有難きものである。

結婚は恋の墓なりと人はいふ。いふ人にはいはして置こう。然し我等は、嘗て恋人であった。そして今も恋人である。この恋は死ぬる日まで」（原文のまま）

翌二十七日、父一禎の再住問題に関し、その可能性が高いことを知らせる吉報が届いた。啄木は、村内を二分して九か月間も紛糾を重ねてきた難問も、来年一月二十日ごろには父の勝利で決着するめどがついたと思った。

「これで一家の運が開ける」

腰の曲がった母カツはそう言うと、涙を流して喜んだ。啄木はこれまでの親不孝を嘆いた。

「まず父の方がきまって、かわいい児が生まれて、そして自分の第二戦！　ああ天よ、我を助け給え」

　啄木は心から祈った。

　翌朝、雪が三十センチほど積もっていた。二学期の終業式を終えた啄木は村長の駒井与惣吉に手紙を書くとそれを母に託し、五円を前借りしてきてもらった。たまには豪勢な晩餐《ばんさん》にしようと馬肉を食べることにし、母に買いに行ってもらった。

　その間、啄木は駄菓子屋の娘である石川綱子《つなこ》に会いに行った。

　綱子は節子に似た少女で、啄木が妹のようにかわいがっていた。東京から帰って宝徳寺で療養していたとき、一緒に舟田橋（船田橋）のあたりで蛍狩りに興じたこともある。今では十六歳になり、大人びた挨拶をするようになっていた。

　啄木はそれが辛かった。綱子にはいつまでも子供らしいえくぼをみせてくれる「恋人の面影に似た妹」でいてほしいと思った。

　その夜、年賀状を七十五枚書いて投函した。そのなかには尾崎行雄、原敬、森鷗外、正宗白鳥なども含まれていた。

　十二月三十日朝、電報が配達された。節子の母ときが二十九日午後三時四十分に発したものである。

「イマブジオンナヲウム」（今、無事、女を産む）

啄木は電報を握ったまま、床から飛び起きた。

「あゝ盛岡なるせつ子、こひしきせつ子が、無事女の児——可愛き京子を生み落したるなり。予が『若きお父さん』となりたるなり。天地に充つるは愛なり」

啄木はさっそく長女誕生の喜びを知らせる葉書十五枚を書いた。この日の晩餐には、京子の誕生を祝って「カケス」（カラス科の鳥）を料理したご馳走が出た。今ではカケスを食べる習慣はないが、当時の渋民などではカケスなどの野鳥も狩猟の対象になり、食卓にあがることがあったようだ。


明治四十年（一九〇七）が明けた。

啄木は元旦から「丁未《ていみ》日誌」（明治四十丁未歳日誌）をつけた。朝、誘いにやってきた子供らと学校の門松を潜り、四方拝《しほうはい》（元旦の宮廷行事。国民も祝った）の式に出た。

二日には、妹光子が盛岡から帰り、節子が元気なこと、「生まれた子は大きくて美しく、むさぼるように新乳を飲んでいる」ことを伝えた。

五日、啄木は曇天で寒風が吹きすさぶなか、村役場を訪れ、京子の出生届を出した。実際には十二月二十九日午後三時ごろに生まれたが、元日午前六時に出生したことにした。当時としては、とくに珍しいことではない。

父が家出した日に愛児を抱く

啄木は父一禎が宝徳寺の住職に復帰した暁には、代用教員を辞めるつもりだった。その前に「男女間の悪風潮」を一掃しなくてはならないと思っていた。

この悪風潮について具体的な説明はないが、農村社会に根強く残る男尊女卑と、それに反発する女生徒とのあいだのいじめや嫌がらせ、喧嘩《けんか》などらしい。なかには性的な問題もあったのかもしれない。

啄木は上級の生徒数人を訊問し、薄暗い教室で高等科六十人の男女を前に、かなり興奮して悪風潮についてとがめた。生徒たちは啄木の前で告白したり、涙を流して懺悔《ざんげ》したりした。

啄木は催眠術に興味を抱いていたが、一月八日、立花慶三という最も愛する学童の一人に初めて催眠術を試みた。ところが、いったん眠った慶三を起こそうとすると、慶三は声をあげて泣きわめき、啄木をあわてさせた。

十四日夜には、堀田秀子《ひでこ》の下宿を訪れた。夜更けて宝徳寺の半鐘と太鼓の音が聞こえた。隣室からは瀕死に陥っている老女のうめき声が洩れてくる。啄木は秀子と向き合い、なんとも奇妙な気持ちになった。

もしも村人に見られたら、さぞかし悪い噂が広まっただろうが、帰り道、郵便局の灯りが顔を照らしただけで、誰とも会わなかった。

老女はほぼ二週間後に病死し、二十九日に葬儀が執り行われた。啄木も参列したが、鉦《かね》などの寂滅《じゃくめつ》とした音に胸がふさがった。

一月三十日から二月十四日までは冬期休業となった。休業中、啄木はドイツ語の文法を暗記する一方、二月三日から村内の大人や青年のために夜学を始めた。ところが、寒風が吹き通る教室に三時間も立って講義したために悪質な流行性感冒に罹り、一週間も家に閉じこもる羽目になった。

三月四日、一年前のこの日、啄木は母と節子を伴い、渋民にやってきた。今は父もいる。だが、とうに解決しているはずの再住問題は、反対派の抵抗により進展がない。一家で収入があるのは啄木だけである。

「明日になれば、節子が愛しい京子を連れて、渋民に帰ってくる」

啄木はこの一年をふり返りながら、妻子の到着を待ちわびた。

翌五日朝、啄木は母の異様な呼び声で目を覚ました。

父が法衣《ほうえ》や仏書など身の回りの物を持っていなくなったという。糊口《ここう》を減らすために家出したことは明らかである。あふれでた涙がとまらない。しばらくは立ちあがる気力もなかった。

「貧《ひん》という悪魔が父上を追い出したのであろう。一家はまさに貧という悪魔の翼の下におしつけられているのだ。これで、ほとんど一年間戦った宝徳寺問題が最後のきわに至って致命的な打撃を受けてしまった」

啄木はとりいそぎ、父親が向かったと思われる野辺地の常光寺宛に問い合わせの手紙を書いた。

午後四時、妻子が節子の母とき子に伴われ、盛岡からやってきた。

節子とは百余日ぶりの再会、京子は生後六十余日での初対面である。父が家出したその日、啄木は生まれて初めて父の心を知った。

「この可愛さったらない。皆はお父さんに似ているという。見事に肥った、クリクリしたそのさま。食いつきたいほど可愛いとはこの事であらう」

抱いてみると案外軽かった。夜、京子はよく笑った。若いお父さんと若いお母さんに、交互に抱かれながら……。

ついに一家離散

三月二十日、卒業生の送別会が渋民小で開かれた。

啄木は接待係や余興係、会場係などのすべてを生徒に任せた。臨席した数十名の紳士淑女への招待状も、生徒を代表した二人の委員長の名で出したものだった。村内では、このようなことは前代未聞である。

委員長の一人は、啄木が催眠術を試みた立花慶三だった。慶三は開会の辞で、啄木に教えられた通り「紳士貴女諸君！」ときりだした。児童生徒の演説、独唱、卒業生の演説と進行し、来賓《らいひん》演説となったが、誰も立とうとしない。すかさず会場係長の柴内栄治郎が起立した。

「ただいま、金矢さん(光春・郡参事会員)のお話がありますから、皆さん、お静かに」

名指しされた金矢は満面に笑みを浮かべて訓話を行った。啄木は機転を働かせた栄治郎の成長に目を細めた。

啄木はこの日のために「別れ」という歌を作っていた。女生徒五人が堀田秀子のオルガン、啄木のヴァイオリンの伴奏で合唱した。

「梅こそ咲かね風かほる

弥生二十日の春の昼

若き心の歌声に～」

啄木は送別会を成功させて、思い残すことはなかった。

四月一日、新学期の初日、啄木は遠藤忠志校長に辞表を提出した。そこへ石川家を支援してきた元助役で今は学務委員の畠山亭が現れた。

啄木は以前から遠藤校長に対し、父一禎の再住問題で石川家に冷たい態度をとっていると思いこんでいた。学校の運営についても不満がある。

前日、啄木は岩本という助役に辞意を表明していたが、畠山は岩本の意向だとして留任を勧告した。同僚も口をそろえてひきとめた。

「これは撤回していただきたい」

遠藤校長も慰留に転じた。

「いいえ、私だってふざけて出したのではありませんから、何とぞ手続きをお願いします」

押し問答が続くと、横にいた秀子が奪うように辞表を取った。

「それでは当分、わたしがお預かりいたしておきます」

意外な展開だった。放課後、啄木は岩本と畠山から「当分の間、待ってもらいたい」と懇願された。

翌二日、啄木は秀子とともに、子供らを引き連れて半日、うららかな春の日差しのもと、福寿草が咲き誇っている野辺を散策した。

この後、啄木の日記は五月一日まで途切れる。

その間に「ストライキノ記」とあり、四月七日から二十三日までの出来事がメモとして記されている。

啄木は四月十八日、遠藤校長に最後の通告（学校運営の改善要求）を突きつけると、翌十九日、校長担当の高等科約四十人の生徒を率い、平田野の松原へ連れていった。

ここで啄木は、遠藤校長の授業をボイコットするようにアジテーションを行った。なぜ教え子たちをストライキに誘ったのか定かではないが、子供たちを扇動《せんどう》したとなれば、それだけで公職を追放される理由になる。啄木はどうせ教師をやめるなら、遠藤校長にも責任を負わせようと思ったのかもしれない。

懐から「ストライキの歌」の歌詞をとりだして生徒に渡し、練習させたうえ、一緒に高唱した。

「山も怒れば万丈の
猛火を吐きて天を衝《つ》き〜」

学校にもどると、啄木は生徒に万歳三唱をさせ、下校させた。午後には職員室で遠藤校長に会い、ストライキ決行を宣言した。

その夜、役場の書記や学校の用務員などが提灯をさげ、生徒のいる家々をまわって、翌朝には登校するように呼びかけた。

このとき郡視学の平野喜平は、文部省主催の全国視学講習会参加のために東京へ出張していた。代用教員の任免権を持つ岩手郡長の長谷川四郎は、平野の帰りを待たずに、二十二日、啄木に免職辞令を発した。

失職により、一家離散は避けられない事態になった。

啄木は妹光子と北海道へ渡ることにしており、借金などで旅費を工面した。節子は京子を連れて生家に帰り、母カツは村内の武道地区に住む米田長四郎方に厄介になることにした。

五月三日夜、啄木は秀子を訪れた。田んぼから蛙の声がかまびすしく聞こえてくる。二人はあまり多くを語らず、別れを惜しんだ。

かの家《いへ》のかの窓にこそ
春の夜《よ》を
秀子《ひでこ》とともに蛙《かはづ》聴きけれ

翌四日朝、啄木は寝具なども質に入れて五円を手にした。これで手持ちの金は九円七十銭となった。

午後一時、啄木は桐下駄を履き、盛岡の実家で暮らす妻節子と長女京子、村内の残る母カツに別れを告げると、一年二か月間暮らした斉藤家を後にした。

「啄木、渋民村大字渋民十三地割二十四番地（十番戸）に留まること一ケ年二ケ月なりき、と後の史家は書くならむ」（日記の原文のまま）

途中、役場に寄り、離村の挨拶をした。小学校で首席を争ったことのある工藤千代治（のちに村長）と立花勘次郎が五十銭の餞別をくれた。

小学の首席を我と争ひし
友のいとなむ
木賃宿《きちんやど》かな

千代治《ちよぢ》等も長じて恋《こひ》し
子を挙げぬ
わが旅にしてなせしごとくに

啄木は北上川の鶴飼橋を渡り、北にある好摩駅へ向かった。駅で妹光子と落ちあうと、午後二時三十六分発の汽車に乗りこんだ。

渋民を想うと、「日本一の代用教員」を自負して教壇に立った日々、教え子の笑顔が次々とよみがえってくる。この日は土曜日だったが、見送りを禁じられていたのか、誰も現れなかった。

石をもて追はるるごとく
ふるさとを出《い》でしかなしみ
消ゆる時なし

やはらかに柳あをめる
北上の岸辺目に見ゆ
泣けとごとくに

車窓の眺めは美しい。岩手山から冷たい風が吹き降ろすせいか、渋民の桜はやっとほころびたばかりだったが、北に行くほどに満開の桜が多くなった。手が届きそうなところに山吹の黄色い花も咲いている。

「桜の花まで遅いと、渋民ほど世に遅れたところはないように思う」

啄木はこのとき二十一歳。以後、二度と故郷の土を踏むことはなかった。

汽車は三十分ほど遅れて午後九時半ごろ、青森駅に着いた。

二人は日本郵船の陸奥丸に乗りこんだ。帝国鉄道院（国鉄）の青函《せいかん》連絡船が開業し、比羅夫丸《ひらふまる》が青森と函館を四時間で結ぶのは翌年三月のことである。このときは六時間もかかった。

浮流水雷が津軽海峡に流れているとして夜間の航海が禁じられ、出港は五月五日午前三時まで待たなくてはならなかった。浮流水雷は日露戦争のとき、津軽海峡にバルチック艦隊がやってきたときのために準備しておいた水雷である。

啄木は深夜、甲板に立ち尽くし、闇の彼方を見やった。老母や妻子を思ってせつなくなり、胸をかきむしりたい衝動にかられた。午前一時半ごろ、三等船室の棚に荷物のように丸まって眠った。

午前五時前、啄木は目を覚ました。船は海峡を進むにつれ大きく揺れ、乗客の多くが船酔いした。光子も何度となく嘔吐《おうと》する。啄木は母がいなくてさぞかし心細いだろうと思いながら「清心丹」を飲ませて介抱した。

船に酔ひてやさしくなれる
いもうとの眼《め》見ゆ
津軽の海を思へば

啄木が光子を伴ったのは、義兄山本千三郎（次姉トラの夫）が北海道鉄道株式会社の中央小樽駅（現・小樽駅）駅長をしていたからである。光子を預けられるのは、山本夫妻しか考えられない。

啄木本人は、前年暮れに結成された苜蓿社《ぼくしゅくしゃ》という文学同好会を当てにしていた。同社は一月に文芸雑誌『紅苜蓿《べにまごやし》』を創刊したが、啄木は同社同人で『明星』に短歌を投稿していた松岡政之助（蕗堂）の依頼に応え、創刊号に三篇の詩を発表していた。啄木は松岡に渡道の意思を手紙で伝え、歓迎の意向を知ると到着日時を電報で知らせておいた。

陸奥丸は五月五日午前九時ごろ、函館港に碇を降ろした。

客は船から艀《はしけ》に乗り移ると、蒸気船に曳《ひ》かれて、函館に向かう者は東浜桟橋《さんばし》へ、汽車に乗り換えて小樽や札幌などへ向かう者は鉄道桟橋へと運んでもらう。啄木と光子は鉄道桟橋から上陸した。

桟橋には義兄に頼まれた函館駅の助役夫妻が迎えに出ていたが、苜蓿社の同人は一人もいなかった。

連日の雨で街路はぬかるんでいる。弱った啄木は駅前の旅館広嶋屋に入ると、車夫に手紙を託し、苜蓿社へ配達してもらった。

実は同人たちは東浜桟橋で待っていた。誰も啄木と面識がない。写真と見比べながら桟橋を登ってくる人々を凝視していたが、それらしい人物はいない。電報の文面を読み直し、首をひねった。

落胆した一行は昼食のソバを食べて別れ、松岡と岩崎正（白鯨）だけが社にもどった。そこで車夫が届けた手紙を読み、あわてて鉄道馬車に飛び乗った。馬車は遅く、二人は途中で降りて旅館へ駆けつけた。

啄木は胸をなでおろし、笑顔で二人を迎えた。挨拶を交わした啄木はその場で光子と別れた。光子は助役宅に二晩泊まったのち、義兄が送ってくれた二等切符を握り締め、一人で小樽へ向かう。

函館でつかのまの団欒も

啄木はとりあえず松岡政之助の下宿（青柳町四十五番地）に同居させてもらった。部屋は二階の八畳間だった。

数日中に、苜蓿社同人の吉野章三（白村）、並木武雄（翡翠）、大島経男《つねお》（流人）、向井永太郎（夷希微）、沢田信太郎（天峰）、宮崎郁雨《いくう》とも知りあった。

日記にはそれぞれの素性などが記されているが、宮崎については「真の男なり、この友とは七月に至りて格別の親愛を得たり」と表現している。宮崎はのちに節子の妹ふき子を娶り、啄木と義兄弟になる。実家が資産家だったこともあり、石川家に対し経済面での支援も惜しまなかった。啄木にとって金田一京助と並ぶ大恩人である。なお、宮崎の本名は大四郎だが、筆名の郁雨で統一する。

苜蓿社発行の文芸誌『紅苜蓿』とは、紅クローバーのことである。編集は主に大島がやっていたが、啄木は大島に懇願されて主筆を引き受けた。啄木は第六号から誌名を『れっどくろばあ』と改称する。

問題は生活費であった。啄木は五月十一日、函館商業会議所の主任書記をしていた沢田の紹介で、同会議所の臨時雇として働き始めた。啄木の日給は六十銭。仕事の内容は同所議員の選挙名簿を作るために税務署へ行き、商業者の納税額などを台帳から写しとることだった。

五月三十一日、啄木は同所を辞めたが、そのあと健康を害し、数日間寝込んだ。六月十一日、函館区立弥生尋常小学校代用教員の辞令を受けた。これは区立東川小の教員だった吉野の斡旋によるものだった。

啄木は翌日から二度目の代用教員として出勤した。月給は三級棒の十二円。渋民のときより四円高い。児童は千百人以上を数え、職員室には十五人の職員がいた。うち八人が女教師であった。さっそく啄木は女教師を観察している。

最も心惹かれたのは、橘《たちばな》智恵子《ちえこ》だった。日記には「真直に立てる鹿ノ子百合な節子に手紙を出した。

まがりなりにも生活のめどがついたことから、啄木は盛岡の実家で暮らしている節子に手紙を出した。

七月七日、節子は京子を連れ、玄海丸で函館へやってきた。

この日、同人八人の助力により、青柳町十八番地の借家に入った。最初はラの四号だったが、一週間後にはムの八号に移った。この部屋の窓が東向きで明るく、家賃が三円九十銭と安かったためである。

「ますます、かわいくなったな」

啄木は京子を抱き締めた。

八月二日夜、啄木は玄海丸の一等船室にいた。渋民に残してきた母カツと野辺地で落ちあうためである。一等船室に入れたのは、日本郵船で働いていた並木の周旋による。啄木は上客気分で葡萄酒を飲んだ。

カツは米田長四郎宅で間借り生活をしていたが、宝徳寺の檀家で一禎に恩義がある大工の沼田末次が面倒をみていた。カツは沼田から餞別をもらい、あわただしく渋民を去った。

三日朝、啄木は青森発の汽車に乗り、小湊で下車すると、盛岡中学時代の友人、瀬川深《ふかし》（藻外）と四年ぶりに再会した。瀬川は岡山高等学校を出て、九月から京都大学医科への進学が決まっていた。この日は暑い日だった。二人は汗を拭き、ビールを飲んで歓談した。

夕刻、啄木はふたたび車中の人となった。野辺地に着くと、人力車に揺られて常光寺へ赴いた。住職は、カツの実兄で八十二歳になる葛原対月である。

母カツはすでに到着していた。父一禎ともひさしぶりに顔をあわせた。啄木は南岩手郡日戸村の常光寺で生まれた。くしくも同名の寺で伯父、両親と再会し、複雑な心境になった。

啄木は常光寺に一泊すると、四日朝、母と一緒に石狩丸に乗りこみ、午後四時に函館に着いた。九日には、小樽の義兄宅にいた妹光子が、脚気《かっけ》のために転地療養が必要だとして函館にやってきた。離散した石川家のうち、父親を除く五人が函館の住まいに集まり、つかの間の平穏がもどった。

わがあとを追ひ来て
知れる人もなき
辺土《へんど》に住みし母と妻かな

八月十一日の夕方、啄木は苜蓿社同人の沢田信太郎、岩崎正と大森浜に行き、初めて海水浴を体験した。日記に水泳を習ったとあるから、海水を飲みながら手足をばたつかせた姿が想像される。

砂山の砂に腹這《はらば》ひ
初恋《はつこひ》の
いたみを遠くおもひ出《い》づる日

しらなみの寄せて騒《さわ》げる
函館の大森浜《おおもりはま》に
思ひしことども

啄木は弥生尋常小学校の代用教員だったが、健康不良や学校側への不満のために七月中旬から無断欠勤していた。校長は寛大な態度をとっていたことから、辞職届を出さないまま夏休みを迎えていた。

貧乏所帯を支えていたのは、宮崎郁雨だった。宮崎は毎日のように顔を出しては、何度か生活費を渡していた。ところが八月一日から九十日間、陸軍将校の資格を得るために旭川に教育召集されることになり、七月二十七日に函館を発った。

宮崎は立ち去る前、先輩で函館日日新聞社主筆の斎藤哲郎（大硯）に啄木をひきあわせた。代用教員に見切りをつけていた啄木は八月十八日、同社編集局で遊軍記者として働きだした。

啄木にとっては初の新聞社勤務である。入社早々、給料の前借を申し入れたが、斎藤は貧乏社だからと、米屋から一斗《いっと》（十升）ほど借りて啄木に渡した。啄木は月曜文壇や日日歌壇を立ち上げ、「辻講釈《つじこうしゃく》」という題で評論も発表した。

八月二十五日は日曜日だった。

啄木は月曜文壇の編集を終え、「辻講釈」（二）に「人形の家」などで知られるノルウェーの劇作家イプセンのことを書いたあと、午後は町会所で開かれた菊池武夫の演説会に出向いた。

菊池は盛岡出身で原敬らと藩校作人館《さくじんかん》で学んだ。文部省初の海外派遣留学生としてアメリカに留学し、法学博士第一号となった。このときは中央大学初代学長を務めていた。啄木は菊池の輝かしい経歴を知って忸怩《じくじ》たる思いになったのか、いつになく疲労感を覚え、午後九時ごろに床に就いた。

午後十時半、啄木は騒々しい家人の声で目を覚ました。

「火事よ。ものすごい火事……」

節子は顔面蒼白《そうはく》になっていた。

外に出ると、空全体が赤々と染まっていた。あたりに半鐘《はんしょう》が鳴り響いている。高台に上がって見まわすと、市街地は火の海と化している。火焔《かえん》は大洪水のように建物や住宅を襲い、まるで夕立の雨のように火の粉が無数の赤い糸となって降り注いでいる。

凄まじい地獄絵図だった。啄木は付近に住むお年寄りや病人など弱者の手を引いて安全なところまで移したあと、午前三時ごろに帰宅した。日記には、得意の盆踊りを踊って家族を安心させたとあるが、妹光子の回想では啄木の誇張らしい。

火の手が迫ると、一家は、近くの松林に避難することにし、ほとんどの家具を外に運びだした。

東川町で発生した火事は強風に煽《あお》られて市街地を嘗《な》め尽くし、明け方までに函館の三分の二が焼失した。幸い啄木が住む青柳町の一画は延焼をまぬがれた。

この大火で約一万二千四百戸が焼け、六万人が家を失った。弥生小、函館日日新聞社も焼け落ちた。啄木が函館毎日新聞社に渡しておいた小説「面影」と『れっどくろばあ』第八号の原稿も灰になってしまった。

啄木は二十七日、市中を歩き死骸を見、惨状ぶりを目に焼きつけた。静内《しずない》（苫小牧と襟裳《えりも》岬のほぼ中間の町）に帰っていた同人の大島経男宛の手紙に、「死の都」「戦後の光景とはこんなものにや」と書いている。

啄木は同人と語りあい、本年中に札幌に移り、再起をめざすことにした。皮肉にも弥生小に籍を置いていたことが幸いした。啄木は生徒に公園への集合を呼びかける公告貼りを手伝い、給料をもらうことができた。

九月八日、札幌の道庁林務課で勤務している向井永太郎から「北門新報の校正係に口あり」との手紙が届いた。

十日には、「早く来い」とせかす電報が配達された。啄木は別れを惜しみ、同人らと大いに飲んだ。皆でビール十本をあけ、子供のように唱歌を歌った。弥生小から依願解職の辞令を得た十二日には大森浜に行き、最後の散策をした。

家族は小樽駅長の義兄宅に行き、啄木から連絡があるまで厄介になることにした。家は引き続き並木武雄が借り受けることにし、啄木は十五円を手にした。

十三日、啄木は節子、光子、友人に見送られ、汽車で函館をあとにした。

函館の青柳町《あをやぎちやう》こそかなしけれ
友の恋歌《こひうた》
矢ぐるまの花

札幌、小樽を経て釧路へ

九月十四日朝、啄木は小樽駅で下車し、義兄山本千三郎（同駅長）宅を訪れ、姉トラに会った。義兄は八月末に函館大火の見舞いとして白米一俵と味噌一箱を送ってくれた。啄木はその礼を述べ、間借りする一家のことを頼んだ。

午前十一時半、ふたたび汽車に乗り、午後一時過ぎ、向井永太郎と松岡政之助の待つ札幌停車場に着いた。札幌に貸家はほとんどなく、下宿屋も満員という。啄木は二人が下宿している北七条西四ノ四（田中サト宅）に転がりこんだ。

翌十五日、啄木は向井の紹介で小国露堂《おぐにろどう》（本名・善平）に会った。

小国は明治十年十月十二日、岩手県宮古市で生まれた。明治三十八年に妻子を故郷に残して渡道し、函館新聞で記者をしていたが、この年春から北門新報の記者として辣腕《らつわん》をふるっていた。「快男児なり」と啄木は日記に記した。

午後は市中を歩いた。当時、札幌（人口約六万六千人）は、小樽（約九万人）、函館（約八万八千人）に次ぐ第三の都市だった。

「札幌は大なる田舎なり、木立の都なり、秋風の郷なり、しめやかなる恋の多くありさうなる都なり、路幅広く人少なく……」

啄木はアカシアやポプラの葉を揺らす風に吹かれながら散策した。夜は小国と共に村上祐社長と会い、月給十五円で働くことに合意した。

アカシヤの街樾《なみき》にポプラに
秋の風
吹くがかなしと日記《にき》に残れり

啄木は九月十六日から出社した。校正係とあって午後二時出社、午後八時頃までの勤務である。十八日には一面に「秋風記」を載せ、北門歌壇を始めた。気を良くしたのか、弥生小の同僚だった橘智恵子をはじめとした女教師六人全員に近況を伝える手紙を出した。

九月二十一日朝、節子が京子を背負ってやってきた。一家は十六日に函館を離れ、小樽の義兄宅に居候していた。節子は親子三人で暮らしたいと訴え、啄木は今いる六畳間を当分借り、節子は数日中に家財道具を持って引っ越すことにした。

「京ちゃんは、もう這《は》って歩けるようになったんだ」

啄木は愛くるしい表情で畳の上を這いずりまわる京子の姿に目を細めた。節子はほっとし、その日の夜、小樽へもどっていった。

北門新報は六ページで六千部を刷っていたが、経営は思わしくなく、給料も遅配がちだった。啄木は露堂から北門新報の内情を明かされたうえ、「小樽で創刊される小樽日報社に移らないか」と誘われた。

九月二十三日夜、露堂の下宿で、のちに詩人、民謡・童謡作家として一世を風靡《ふうび》する野口雨情《うじょう》（英吉）を紹介された。

野口は明治十五年五月二十九日、茨城県多賀郡北中郷村（現・北茨城市）に生まれた。明治三十八年に発表した民謡集『枯草』で注目されていたが、生活難のため、坪内逍遥《つぼうちしょうよう》から紹介された北鳴新報（札幌）の記者になっていた。

「温厚にして丁寧、色青くして髯黒く、見るから内気なる人なり」

啄木の第一印象である。小樽日報から協力を要請されていた小国は、啄木と野口に入社を強く勧めた。野口は北鳴新報が休刊していたことから乗り気だった。

啄木にとっても月二十円で遊軍という条件は魅力的である。三人はマグロの刺身をつついて大いに飲み語らい、一緒に小樽日報社に入社することにした。

翌日、啄木は節子に電報を打ち、札幌へ来るのを見合わせるように伝えた。二十七日には村上社長から退社を認められ、午後四時十分発の汽車に乗りこみ、小樽へ向かった。札幌での生活はわずか二週間に過ぎなかった。

十月一日、啄木は野口雨情と一緒に小樽日報社を訪れ、白石義郎社長、山県《やまがた》勇三郎（出資者）の弟中村定三郎に会った。その後の編集会議で、二人は三面を受け持つことになった。

翌二日、啄木は五円を前借りし、南部煎餅店を営む西沢善太郎方（花園町十四）二階の六畳と四畳半の二間を借りた。その日のうちに、母と妻子がここに移ったが、妹は山本家に留まった。

啄木は創刊を前に意欲満々だったが、野口は北鳴新報の上司だった岩泉江東の下で働くのを嫌い、啄木に不満をもらしていた。

主筆の岩泉は編集用文庫に「編輯（集）局長文庫」と、自ら局長と記すなど独善的な態度がみられた。啄木らは岩泉を「局長」と揶揄《やゆ》し、一日も早く追い出すことで意見が一致した。

「社を共和政治の下に置かむ」

啄木は以前、革命の旗手きどりで校長排斥《はいせき》をしたことがある。野口も温厚な顔に似合わず陰謀好きで、二人は反逆精神で通じるところがあった。

啄木は創刊号が迫るにつれ、「初めて見たる小樽」を書き、数紙の切抜きを参照し、訪れたこともないウラジオストクに思いを馳せ、「浦塩《うらじお》特信」というルポにしたてた。さすがに「新聞記者とは罪なる業かな」と自戒している。

十月十五日正午、小樽日報初号が刷りあがり、楽隊を先頭に文字通り鳴り物入りで市中に配達された。午後五時からは精養軒で盛大な祝宴が張られた。職工たちは楽隊とともに提灯行列で浮かれ、万歳を連呼した。

啄木も表に飛び出して提灯をふりかざし、練り歩いた。

ところが、この日を境に社内の雰囲気は険悪の一途をたどり、啄木や野口が画策していた排斥運動に逆風が吹いた。

三十日、啄木は別室に呼ばれ、俸給を二十五円に上げ、三面の編集を一任するとの懐柔案を示された。逆に岩泉と対立してきた野口は、主筆派の権謀に屈したかたちで、翌日に退社した。

十一月六日、一家は八畳二間の家（花園町畑十四番地）に引っ越した。

社内の内紛はそれ以降も続き、社員の入れ替わりが続いた。

元凶とされた岩泉は十六日になって辞任した。啄木は岩泉追い出しの裏で、函館大火のあと道庁職員をしていた苜蓿社同人の沢田信太郎を白石社長に推薦し、入社運動を続けていた。沢田は二十日に主筆として採用された。

啄木は十二月十一日、札幌に行き、小国露堂の宿に泊まった。翌十二日夕刻の汽車で小樽にもどり、社に立ち寄った。

「なぜ勝手に社を休むんだ。社員の統制がとれないではないか！」

待ち受けていた事務長の小林寅吉が凄い剣幕《けんまく》で怒鳴りつけた。

「よけいなことは言うな」

「なんだと！」

小林はかっとなり、啄木に殴りかかった。啄木はたまらず外に飛び出した。拳骨《げんこつ》で叩かれた頭がずきんずきんと痛む。手で触ると瘤が四、五個もできていた。

「こんなところ辞めてやる！」

啄木は翌日から出社せず、白石社長に辞表を送った。白石は啄木を気に入っていたが、二十日に辞任を承諾した。

殴《なぐ》らむといふに
殴れとつめよせし
昔の我のいとほしきかな

退社後、一家は窮乏生活を強いられた。十二月三十日、啄木は小樽日報社に行き、前借金を引いた十円六十銭を手にした。帰途、葉書百十枚と煙草を買ったために、手元には八円ほどしか残らなかった。

「来《きた》らずてもよかるべき大晦日は遂に来れり」

大晦日の夜、節子は唯一残っていた帯を質に入れ一円五十銭、同様に母と啄木の衣数点で三円を借りた。この金も複数の借金取りによって消えた。

「さながら犬の子を集めてパンをやるに似たり」

日記に記した一文が哀れを誘う。

明治四十一年(一九〇八)が明けた。門松も注連飾《しめかざり》もなく、お屠蘇《とそ》一合も買う余裕がなかった。なんとかお雑煮だけは口にした。

啄木は正月が来て愛想よくふるまう人たちを見て、苦々しく思った。自分たちがつくった暦《こよみ》に支配されている人間の滑稽な様子をとらえて、

「世の中はヘチャマクレの骨頂だ。馬鹿臭いを通り越して馬鹿味がする」

と日記に記し、金持ちと貧乏人の置かれた境遇の違いに触れ、その不条理のもとになっている悪社会を破壊しなくてはならないと書いた。

二日に散髪したら十九銭かかった。ランプの燃料となる石油と、醤油《しょうゆ》を買ったら、手持ちの金は一文も残らなかった。八日になって、ようやく銭湯に行き、前年以来の垢を落とした。

この夜、札幌から小国露堂が訪れた。

「北門新報が休刊しており、働き口を探している」

　小国は啄木に打ち明けた。啄木は沢田を介し、小国を小樽日報札幌支社に紹介した。啄木は十三日、白石社長と会い、忌憚《きたん》なく話しあった。白石は十数年前から経営している釧路新聞のことを語り、三面主任、実際には総編集をさせることなど啄木の意向に沿った条件を示した。

　啄木は「小樽より寒い釧路に行くのはいやだ」と思い、迷ったが、これより条件のいい就職先を見つけられそうにはなかった。最終的に、しばらくのあいだ家族を小樽に残し、釧路新聞で働くことを決意した。

　一月十九日朝、啄木は、頼んでおいた車夫が曳く橇《そり》に乗って小樽駅へ向かった。節子は京子を背負い、見送りにきたが、白石が遅刻したため啄木は午前九時の列車に乗ることができなかった。寒すぎて、このまま駅舎で次の汽車を待つのは無理である。節子はむなしく帰っていった。

　子を負《お》ひて
　雪の吹き入る停車場《ていしやば》に
　われ見送りし妻の眉《まゆ》かな

啄木は白石の家に行って休んだあと、白石とともに午前十一時四十分発の汽車に乗り、小樽を去った。雪が思い出したように降りだした。

白石義郎社長は札幌駅で下車した。二等室に乗客は少ない。啄木は一人、車窓を眺め、旅情にひたった。

みぞれ降る
石狩《いしかり》の野の汽車に読みし
ツルゲエネフの物語かな

うす紅《あか》く雪に流れて
入日影《いりひかげ》
曠野《あらの》の汽車の窓を照《て》らせり

午後四時、啄木は岩見沢駅で降り、馬橇に乗って義兄山本千三郎の官舎を訪れた。山本は前年十一月から同駅長をしていた。官舎で次姉トラ、札幌から来ていた妹光子と再会した。

光子は前年十月、日本メソジスト小樽教会で洗礼を受けたのち、山本の口利きがあったらしく、札幌の鉄道管理局で働いていた。

光子は夕方の汽車で札幌へ帰っていった。夜、啄木は凍ったビールをストーブで解かして飲み、鶏の肉をご馳走になった。

翌二十日午前十時三十分、啄木は岩見沢駅発の汽車に乗りこんだ。午後三時十五分、旭川駅で下車し、駅前にある宮越屋に投宿した。

啄木は北海旭新聞を訪問することにしていた。途中、若くて美しい女性が歩いてきた。啄木は足をとめ、道を訊いた。道を訊くには若い女性に限ると思った。日が暮れて白石も宿に着いた。

名のみ知りて縁《えん》もゆかりもなき土地の
宿屋《やどや》安《やす》けし
我が家《いへ》のごと

一月二十一日午前六時半、二人は旭川駅発釧路行き一番列車に乗りこんだ。

旭川と釧路間は前年九月に全線が開通し、釧路線と呼ばれていた。ほどなく朝日が空知川の岸に添うように昇ってきた。

水蒸気《すゐじようき》
列車の窓に花のごと凍《い》てしを染《そ》むる
あかつきの色

空知川《そらちがは》雪に埋《うも》れて
鳥も見えず
岸辺の林に人ひとりゐき

汽車は十勝の壮大な大地を通り、午後九時半、釧路駅に着いた。駅には釧路新聞社理事の佐藤国司らが出迎えに来ていた。

さいはての駅に下《お》り立ち
雪あかり
さびしき町にあゆみ入《い》りにき

一行は釧路川に架かった道内で一番長い幣舞《ぬさまい》橋を渡り、啄木は浦見町の佐藤宅に行李を下ろした。

花柳界で浮名を流す

一月二十二日朝、啄木は夜具の襟《えり》が息で真っ白に凍っていて、びっくりした。氷点下二十度、顔を洗おうとシャボン箱に伸ばした手がくっついて離れない。

「たいへんな所にやってきたな」

吐く息までが白い。迎えにきた主筆の日景安太郎の案内で釧路新聞社に出社した。新社屋はそれほど大きくはないが、煉瓦《れんが》造りで美しい。

翌日には、洲崎町一丁目（現・大町五丁目）の関下宿に移った。二階の八畳間でなかなか良い部屋だったが、火鉢一つでは我慢できない寒さだった。

啄木は三面の主任だったが、実質的な編集長として待遇された。

仕事始めとなった二十四日の夜、白石社長の招待で、佐藤国司やほかの編集員と一緒に、釧路で随一と評判の料理店（料亭）「喜望楼《きぼうろう》」でご馳走になった。

喜望楼は真砂《まさご》町（現・南大通八丁目）にあり、和洋折衷《せっちゅう》の二階建ての大きな建物だった。宴会場や、当時としては珍しいビリヤード場もあった。

座敷には小新と小玉という芸者二人がやってきた。啄木が初めて接した芸妓である。白粉と口紅で色香を漂わせる女から酌をされ、酒の楽しみ方を知った。

啄木はこれ以降、釧路の花柳界《かりゅうかい》で浮名《うきな》を流すことになる。

二十六日朝、白石社長は啄木に「昨日あたりから新聞の体裁が別になった」と喜び、五円と銀時計を褒美《ほうび》に手渡した。啄木が初めて手にした時計である。

愛国婦人会釧路幹事部の新年互礼会に臨席すると、講演を頼まれ、四十人ほどの女性を前に「新時代の婦人」という題で演説をぶった。

二月二日、釧路新聞の新築落成式が開かれた。

啄木は朝早く出社して編集局を装飾したり、福引の品物を整理した。午後四時からは喜望楼で祝宴が開かれた。来会者七十人ほどに芸妓が十四人も接客し、あでやかな雰囲気で盛りあがった。

啄木は一面に詩歌の投稿欄「詞壇」を設け、政治評論「雲間寸観」を連載し、二月一日からは花柳界のゴシップ欄「紅筆《べにふで》便り」を始めた。啄木は取材がてらに、ひんぱんに芸妓を呼んで飲むようになった。

七日には、函館の弥生小学校の元同僚で釧路の第三小で勤務している遠藤隆が訪ねてきた。啄木は銀時計を質に入れて五円五十銭を借りると、喜望楼にあがった。二階にある五番の部屋で、小静が弾く三味線と歌に酔った。

室内は燃えるような紅色のカーテンが垂れて暖かい。啄木は五番の部屋を「新聞部屋」と呼んでいた。小静は啄木に「惚れた」と言う。九日夜、啄木は小静から身の上話を聞くほど親密な関係になった。

死ぬばかり我《わ》が酔ふをまちて
いろいろの
かなしきことを囁《ささや》きし人

まもなく啄木は小静よりも若い「鹿島屋」の市子に心を寄せる。

二月十一日の紀元節には、喜望楼に行く前、まだ明るい午後三時に鹿島屋にあがり、市子と歓談した。市子は釧路でも名の売れた愛嬌者で、十七歳だった。

啄木はふらふらとした好い気持ちになって、鳥鍋の飯を味わった。門を出ると、すでに黄昏時であった。

啄木は十二日に喜望楼、十三日には「鶤寅《しゃもとら》」と鹿島屋というように料理店に入りびたり、芸妓と戯れている。深夜に帰宅するので、翌朝は午前十時ごろの起床になる。

十五日、東京の植木貞子から封書が届いていた。植木は啄木が上京していたとき、新詩社主催の演劇で知りあった女性である。便箋に白梅の花が挟んであった。あるいは啄木が事前に頼んでいたのかもしれない。

その夜、釧路座の薩摩琵琶《さつまびわ》会にでかけた。芸妓たちも来ていた。啄木は、どことなく面影が植木に似ている市子に白梅の花を贈った。

翌十六日夜には、釧路座において、釧路新聞と北東新報との合同による文士劇「無冠の帝王」(別名・新聞社探訪の内幕)が上演された。啄木は稽古もしないで臨んだにもかかわらず「上出来」であった。そのあとは喜望楼で大いに飲んだ。

二十一日、道庁職員などが参加した鉄道冬季操業視察隊が釧路新聞社を表敬訪問した。啄木は帽子を被り、記念写真に収まった。

夜には歓迎会が喜望楼で開かれた。芸妓のなかに、鶤寅の小奴《こやっこ》がいた。

小奴が日記に登場するのはこの日が最初である。釧路に着いてから一か月が過ぎていた。小奴は本名坪ジン(仁子)。啄木より三歳年下の十八歳だった。

二十四日には、鶤寅で飲んだあと、同僚と一緒に小奴の家に遊びに行った。小奴はぽんたという芸妓と老婆を雇って暮らしていた。ずいぶんとなまめかしい話をして、午前二時半に帰宅した。

「小奴と云うのは、今まで見たうちで一番活発な気持ちのよい女だ」

二十七日には、胃痛で苦しんでいる小奴の見舞いに訪れている。

三月三日、視察隊に加わっていた日景安太郎の帰社を祝う慰労会が、鶤寅で開かれた。芸妓は小蝶、小奴、ぽんたなどだったが、小奴は啄木の側に座って動かなかった。

店を出るとき、小奴は一封の手紙を啄木の手に忍ばせた。

裏門のガス灯の仄暗い光の下で封を切ると、細字の文とともに、かつてくれてやった紙幣が入っていた。啄木はプライドを傷つけられたようで、おもしろくなかった。あるいは、気にさわることでも書いてあったのかもしれない。すぐにひき返すと、玄関で小奴を呼びだし、封筒のまま投げ返した。

啄木の周辺を騒がしたのは、芸妓だけではなかった。

本行寺の娘で「三尺ハイカラ」とあだ名された小菅《こすげ》まさえ、下宿の向かいにある笹井病院の看護婦（薬局助手）梅川操《うめかわみさお》も啄木に惚れこみ、ひんぱんに下宿を訪れては長居するようになった。

啄木はさまざまな女にかこまれる日々を過ごしていた。

わが室《へや》に女《をんな》泣《な》きしを
小説《せうせつ》のなかの事かと
おもひ出《い》づる日

三月二十日夜、鶤寅で飲んだ啄木は午前零時半頃、小奴に送られて外に出ると、恋人のように手をとりあって埠頭《ふとう》近くの浜辺を歩いた。

淡い月がときおり雲間から明るく照らす。雪の上に引きあげた小舟の縁にもたれ、二人は海を見た。波の音にまぎれて千鳥の声がかすかに聞こえてくる。

しらしらと氷かがやき
千鳥《ちどり》なく
釧路の海の冬の月かな

啄木は小奴の身上話に耳を傾け、真顔で見つめた。

「妹になれ！」「なります」

小奴はうれしそうに答えると、

「いつまでも忘れないでちょうだい。どこかへ行くときには、きっと前もって知らせてちょうだいネ」

と笑顔で念を押した。啄木はたまらない気持ちになった。

小奴《こやつこ》といひし女《をんな》の
やはらかき

耳朶《みみたぼ》なども忘れがたかり

よりそひて
深夜の雪の中に立つ
女の右手《めて》のあたたかさかな

翌日の夜もふらふらに酔ったところを、提灯を下げた小奴に送られて下宿に帰った。隣室の住人を加え茶を飲んでいると、日付が変わった二十二日午前一時、梅川がやってきた。小奴と梅川は根競べしているように部屋に留まる。午前四時、梅川がようやく先に下宿を出ていった。

昼近くに、小奴の使いが手紙を持ってきた。去年の夏に小蝶と撮ったという写真が添えられていた。午後に梅川がやってきたが、途中で遊びにきた鹿島屋の市子とかちあった。市子は二十分ばかりいたあと、玄関で「お楽しみ！」と皮肉っぽく言って帰っていった。啄木の下宿は、女たちの溜まり場になっていた。

家族を残して北海道を去る

啄木は身辺があわただしくなるにつれ、嫌気がさしてきた。

「夢が結べぬ。つくづくと、真につくづくと、釧路がイヤになった」

愚痴とも嘆きともつかないことを日記に書き連ねた。

女性問題のほかにも、上京したいという「東京病」、釧路新聞社への不満などが募ってきた。が、嫌になった一番の原因は金銭問題である。起死回生のために釧路へやってきたはずなのに、放蕩《ほうとう》生活がたたって借金はふくらんでいた。

啄木は二月だけで借金を含む現金八十七円八十銭を手にしたが、羽が生えたように消えてしまった。ライバル社の北東新報に打撃を与えるためと称して宮崎郁雨から送ってもらった五十円も残っていない。

小樽にいる家族へは一日に十九円、二十八日に十五円の計三十四円を送金したが、呼び寄せる余裕はなかった。このままでは八方塞《ふさ》がりとなる。

三月二十三日、不愉快でたまらない啄木は欠勤した。これ以降、出社せず、仲間と飲みながら、釧路を去る算段を考えた。二十八日、「ビョウキナヲセヌカヘ」（原文のまま）と書かれた白石社長の電報が配達された。

仮病を見透かしたともとれる文面に、啄木は大義名分でも見つけたように釧路を離れる決心をした。

翌日には小奴の家を訪れた。小奴は身の上話をしたうえ、多くの写真をみせた。啄木は最も素人らしく写っている一枚をもらって帰った。

啄木は三月末の時点で五厘銅貨二枚しかなかった。今度は釧路を離れるための金策に追われた。なかなか貸してくれる者はいなかったが、四月二日朝になり、根室銀行の鎌田昴から十五円が送られてきた。午後四時前、釧路を離れると知った小奴から手紙が届いた。封筒の中に餞別として五円が入っていた。

旅費を手にした啄木は下宿の関サッに「函館へ行ってくる」とだけ言い残して出ると、途中で節子に「釧路を去る」と電報を打った。

ところが、乗りこむ予定だった酒田川丸は出航延期になっていた。

啄木は二等切符（三円七十五銭）を買うと、友人とソバ屋で酒を飲み、旅館に泊まった。三日に乗船したが、その日だけでなく四日も石炭を積めずに港内に留まった。結局、抜錨《ばつびょう》したのは五日午前七時半だった。

七十六日間滞在した釧路が遠ざかってゆく。雄阿寒岳《おあかんだけ》、雌阿寒岳《めあかんだけ》の雪が朝日に映えている。午前十一時半、十勝平野の大津港沖で、波間に潮を吹く巨鯨《きょげい》の姿が見えた。夕刻になり、襟裳岬《えりもみさき》の灯台が光りだした。

酒田川丸はそのまま函館には向かわず、わざわざ三陸沖を南下し、いったん岩手県の宮古に寄港してから北へひき返し、函館へ行く航路をとっていた。

六日午後、船が宮古港に着くと、啄木はすぐに上陸し、銭湯に入った。

啄木は北東新報の菊池武治（盛岡出身）から紹介されていた医師の道又金吾の家を訪れた。金吾は盛岡からやってきて道又家の養子になっていた。金吾の妹清子は国際的な物理学者の田中館愛橘《たなかだてあいきつ》（岩手県初の文化勲章受章者）の夫人である。啄木はご馳走になり、盛岡中学時代の恩師冨田小一郎の消息を聞かされた。

そのあと、料理屋と遊女屋が軒を並べる歓楽街の一角にある女の家でウドンを食べた。女の子が隣の一間で三味線を習っている。

「芸者にするのか」と訊くと、女は「何になりやんすだかす」（原文のまま。「何になるんでしょうかね」の意味）と答えた。

船は午後九時に出港した。

四月七日午後九時二十分、啄木はむしょうに恋しかった函館に着いた。

その夜は苜蓿社同人の岩崎正宅に泊まった。八日夜には東川小学校教員の吉野章三が宿直だったことから、岩崎、宮崎郁雨を加え宿直室で飲んだ。

啄木はつい、小奴の写真を見せてのろけた。五十円を送金していた宮崎は、その金が花柳界での遊びに使われたと知って、声を荒らげる一幕もあった。

九日、宮崎宅に泊めてもらった啄木は、「再度、函館日日新聞社へ入れてもらうか、あるいは東京に出て創作に専念したらいいか迷っている」ときりだした。

「東京へ行くべきだ」

宮崎は即座に進言した。啄木は宮崎が経済的な支援を約束してくれたことから、函館で家族の面倒をみてもらい、単身で上京することを決めた。翌日、弥生小を訪れたが、目当ての橘智恵子は不在だった。

十三日夜、啄木は宮崎から十五円をもらって函館を発ち、小樽に着いた。例によって人力車に乗り、家族のもとへ向かった。

ひさしぶりに家族と再会した啄木だったが、日記にはまわらない舌で物を言う京子のことしか書かれていない。書けないようないさかいが母や妻とのあいだであったのかもしれない。

四月十五日、札幌から小国露堂がやってきた。小国は啄木の後釜として釧路新聞社の主筆を務める。小樽日報の創刊に参画した野口雨情は、前日、「本月中に上京する」と啄木に言い残し、札幌へ向かっていた。小樽日報は十八日、廃刊に追いこまれた。皮肉なことに、啄木は同社の創刊と終焉《しゅうえん》を見届けることになった。

啄木は「今度こそ文学で身を立てる」などと言って家族を説得すると、四月十九日、古道具屋を呼んで雑品を売りさばいた。

一家は午後八時十分発の汽車で小樽を去った。汽車は翌二十日午前八時四十分、函館駅に着いた。四人は迎えにきていた宮崎郁雨に伴われ、彼の家で休息したのち、午後には栄町二百三十二番の鈴木弥吉方二階に入った。

啄木は家族と長居することなく、二十四日午後九時、旅費を出してくれた宮崎らに見送られ、横浜行きの三河丸に乗りこんだ。宮崎からは小樽で七円を受けとっていたが、さらに餞別として十円を手渡された。

啄木の「借金メモ」に記されたものだけでも、ほぼ一年間の北海道生活で四百六十三円（うち釧路分は百五十円）の借金をつくっている。まさに啄木は借金地獄の北海道を「逃げ出した」（日記）のだった。

第三章　志《こころざし》を果たせぬままに

小説を書くも自活の道は遠く

三河丸は四月二十七日朝、横浜港に投錨した。啄木は長野屋に泊まったあと、翌日、汽車で新橋へ着いた。めざす新詩社は千駄ヶ谷にある。電車を乗り換えれば安くつくのに面倒臭がり、人力車で乗りつけた。

与謝野寛、晶子夫妻の私邸を兼ねた新詩社には電灯（月一円）がついていたが、それ以外には大きな変化はなかった。寛は夏目漱石を激賞し、島崎藤村が朝日新聞に連載中の「春」を罵倒《ばとう》した。啄木には寛が容貌だけでなく、文学観においても老けたように思われた。

二十九日、啄木が本郷行きの電車に乗りこもうとしたとき、「石川さん」と呼びとめられた。ふり返ると、釧路で看護婦をしていた梅川操が立っていた。

梅川は、造花のつくり方を学ぶために上京していると説明した。啄木は梅川と上野の山に行き、色あせた八重桜の下を歩いた。

梅川はしきりに「センチメンタルなこと」（日記）を言っては、「奇妙ですね」とくり返した。啄木は梅川を電車に乗せて見送ると、本郷区菊坂町八十二番地の赤心館にいる金田一京助を訪れた。

京助は東京帝国大学文科大学を卒業し、海城中学で教鞭を執っていた。髪を七三に分け、新調の洋服を着ていた。二人は初めて「東京弁」で話し、啄木は下宿の件で相談した。

五月二日、啄木は晶子と気がねなく語りあったが、『明星』は百号を迎える十月で廃刊にすること、新詩社は晶子の筆一本で成り立っていることを明かされ、驚いた。午後には、寛と共に森鷗外宅で催された「観潮楼歌会《かんちょうろうかかい》」に出席した。歌会には佐佐木信綱、伊藤左千夫、平野万里、吉井勇《いさむ》、北原白秋《はくしゅう》が招かれていた。これを機に啄木は吉井や北原らと親しくつきあう。

啄木は新詩社の歌の添削をする金星会の主幹を任せられた。

五月四日には赤心館に移ったが、部屋の掃除が残っていたため京助の部屋に泊まり、翌日、二階六畳間に入った。


啄木は小説で身を立てる決心をしていた。

「夏目漱石の『虞美人草《ぐびじんそう》』なら一か月で書ける」と自分に言い聞かせ、北東新報の菊池武治をモデルに「菊池君」を執筆した。が、うまくいかない。次に釧路新聞の佐藤衣川を思い浮かべ「病院の窓」の稿を起こした。

このころ、啄木の下宿には、かつて新詩社の芝居で知り合った植木貞子が連日のように押しかけていた。釧路にいたとき白梅の花を送ってくれた女である。

五月十四日には、スイートピーの花を持って部屋にあがった。最初に会ったときには十六歳だったが、このときは十九歳になっていた。二人はいつのまにか男と女の関係になった。

この間、函館にいる娘の京子がジフテリアに罹り、一時危険な容態《ようだい》に陥った。連絡を受けた啄木は気が気でなかったが、幸い快方に向かった。

肝心の小説の売りこみはうまくいかない。六月に入り「病院の窓」「天鵞絨《ビロード》」の原稿を森鷗外に託したものの、進展しなかった。

啄木は京助の経済的な援助で何とか暮らしていた。小説家の川上眉山《びざん》の自殺や国《くに》木田独歩《きだどっぽ》の病死に衝撃を受けた。小説で頓挫《とんざ》した啄木は二十三日から二十五日にかけて断続的に短歌を二百四十六首も詠んだ。

だが歌では食えない。節子からの手紙を読むと胸が痛む。「死にたい」と思い詰めるようになった。

死ぬことを
持薬《ぢやく》をのむがごとくにも我《われ》はおもへり
心いためば

八月二十一日、京助と浅草に遊び、キネオラマという興行を見た。キネオラマとはキネマ（シネマ）とパノラマ（回転画）の合成語で、パノラマに色光線を使って景色を変化させる装置である。この日の出し物はナイヤガラの大瀑布《だいばくふ》だった。

そのあとで凌雲閣《りょううんかく》（十二階建てビル）の北にある私娼街をさまよった。そこは広大な迷宮である。若き女が簾《すだれ》の奥から通りの男にささやくようにして呼び寄せたり、かと思うと大胆にも路上に出てむりやり引き入れる女まであった。

「ちょっと、ちょっと、寄ってらっしゃいな」

妖艶な声が男たちを興奮させる。啄木はこの淫靡《いんび》な一画を、凌雲閣の下にある苑という意味の「塔下苑《とうかえん》」と名づけた。

浅草の凌雲閣のいただきに
腕組みし日の
長き日記《にき》かな

相変わらず小説の原稿が売れるめどは立たない。啄木は当面は十一月十五日締切の二六新聞の懸賞小説に応募する原稿を仕上げようと思った。

八月二十八日、讀賣新聞社の三面記者五名募集の広告が同紙に載った。翌二十九日、啄木は履歴書を書いて送った。駄目でもともとと思い、希望俸給額として「四十円か五十円」と書いた。案の定、相手にされなかった。

小説の原稿は売れず、下宿代も払えない。見かねた金田一京助は九月六日、啄木の部屋を訪れた。

「今日中に、ほかの下宿に引っ越さないか？」

京助は以前から「この下宿に四年間もいて飽きた」と話してはいたが、あまりにも唐突だった。

「どうして急に？」

「石川くんの宿料について、ずいぶんひどいことを言われて、それで憤慨《ふんがい》したのさ。もう今朝のうちに、方々の下宿を見てきたよ」

「死んだら、貴君を守ります！」

啄木は本気とも冗談ともつかない顔つきで言った。

京助は本屋を呼んで蔵書を売りさばいた。二人は暗くなってから荷造りを始め、午後九時過ぎ、森川町一番地新坂三五九の蓋平館《がいへいかん》別荘に引っ越した。同別荘は新築された三階建ての建物で、東京中で一番と評判の「高等下宿」である。

二人は北向きの部屋に、まずは二人で寝ることにした。部屋は立派だった。窓を開けると、満天の星である。下の谷のような町からは湧くように虫の声が聞こえてくる。肌寒いほどの秋風が天から吹いてくる。

翌七日、啄木は京助からもらった五円で袷《あわせ》と羽織を質から出し、下駄や草履を買った。日が暮れると、盛岡中学の先輩である郷古潔がやってきた。そのあと一人で散歩に出ると、途中で同郷の金矢光一と会い、浅草の塔下苑を歩いた。

九月八日、啄木は三階の最も安い「九番」の部屋に移った。そこは「珍な間取の三畳半、称して三階の穴」（日記）という小部屋だった。

窓からは左手に砲兵工廠《こうしょう》の大煙突が見え、黒煙を噴きあげている。西向きの部屋なので晴れた日には富士山が見える、と女中が教えてくれた。

十一日、苜蓿社同人だった並木武雄から下宿に電話がかかってきた。啄木は電話が大の苦手で、四年前にかけたきりである。このとき電話に出て話をすると、べつにかしこまらず、普段のように話していいのだとわかった。

「何でもなかった。これからは、いくら電話がかかってきてもよい」

そのように自信を抱いた。

二十一日、啄木は朝起きるなり、万朝報をめくった。

「先日やった懸賞小説、めでたく落選！」

啄木は自嘲ぎみにつぶやいた。

この時期、懸賞小説で世に出ようと思っていたが、箸にも棒にもかからない。駄目と思いながら、国民新聞の徳富蘇峰《とくとみそほう》に履歴書を書いて送った。小説が無理なら、新聞社の記者として働きたいと思ったが、なかば捨て鉢な思いから履歴書をしたためていることに気づいて、吐息をつく。誰も自分を認めてくれないという腹立たしい気持ちと、自分には才能がないのかという疑念が交錯する。

二十三日、節子から長い手紙が届いた。

「家族会議の結果、まずは京子をつれて上京しようかと思ったが、郁雨にとめられた」という内容だった。自活さえできない啄木は冷汗をかいた。

金銭的な支援をしてくれる郁雨に感謝し、自分を信じて待っている節子に申し訳なく思った。函館にいる二人がどのように接し、どのようなことを語りあっているのか、そんなことまで考える余裕はなかった。

十月十日には「宝小学校で代用教員をしてもいいか」と問い合わせる手紙が配達された。京子の面倒は光子にみてもらうという。

啄木は妻子も呼べず、妻に働かせることに不甲斐なさを感じたが、同意するしかなかった。節子は十九日から出勤する。月給は十二円。啄木が弥生小で代用教員していたときと同じ額である。

翌十一日、新詩社同人の栗原元吉から朗報がもたらされた。

栗原は東大を卒業した文学士で、東京毎日新聞（現在の毎日新聞とは無関係）の社員だった。栗原は島田三郎社長に直談判し、小説を連載してくれるという。願ってもない好機到来である。啄木は旧稿「静子の恋」を全面的に改稿することにし、「鳥影《ちょうえい》」という題で書き進めた。

十八日、世界一周の途上にある米国大西洋艦隊が横浜に入港した。かつて啄木はアメリカに強く憧れていたが、それがかなわなかっただけに、「これからの一週間は東京もにぎやかだろう。しかし、それが自分と何の関係がある」と思った。

翌十九日、並木と一緒に上野に行き、文部省主催の美術展覧会を鑑賞した。上野公園の中央部にある「竹の台」（地名）のあちこちで、通訳をつれたアメリカ海軍の水兵たちが遊んでいるのが見えた。夕方、原達に会って、あれこれ話しあったが、これといった収穫はなかった。

啄木にとって、今希望といえるものは「鳥影」の連載だけである。二十三日、新渡戸仙岳から、天長節（十一月三日）の原稿を日報に書いてほしいと依頼する葉書が届いた。葉書には中尊寺の印が押してあった。故郷の秋の風景が思い出された。

啄木は夕方までに三十五首を詠んだ。

かにかくに渋民村は恋《こひ》しかり
おもひでの山
おもひでの川

神無月《かみなづき》
岩手《いはて》の山の
初雪の眉にせまりし朝を思ひぬ

岩手山《いはてやま》
秋はふもとの三方《さんぽう》の
野に満つる虫を何《なに》と聴くらむ

「鳥影」は十一月一日から掲載された。原稿料が入るめどがついたせいか、この日、啄木は電車に乗り、浅草にでかけた。車内に、目と鼻が節子に似た女がいた。活動写真を見たあと、塔下苑に行き、ミツという女を抱いた。これ以降、啄木は金が入ると、娼婦を買いに出かける。

六日には与謝野寛に頼まれ『明星』終刊号（百号）の発送を手伝った。同誌には十月四日に京助と並んで撮った写真が載っていた。啄木は感慨深くページをめくった。ひとつの時代が終わったような気がした。

小奴と逢引を楽しむ

十二月一日、釧路で親しくなった小奴が人力車で下宿にやってきた。啄木は「ヤア！」と言ったきり、しばらくは二の句を継げなかった。啄木は下宿で近況を聞いたあと、上野まで行き、不忍池の畔を手をつないで歩いた。さらに電車で浅草に出ると、ソバを食べた。

啄木は二本の銚子ですっかり酔っ払ってしまった。釧路を去って以来これだけ酔うのは初めてだった。ふたたび手をとりあって歩いたあと、上野から電車に乗り、宿泊先の日本橋二丁目の蓬莱屋まで送った。二人は別れるときにキスをした。釧路にいたときの情景が重なってくる。

かなしきは
かの白玉《しらたま》のごとくなる腕に残せし
キスの痕《あと》かな

やや長きキスを交《かは》して別れ来《き》し
深夜の街《まち》の
遠き火事かな

翌二日、啄木は小奴の宿を訪れた。宿には小奴を連れて上京してきた大阪炭鉱重役の逸見豊之輔がいた。

逸見が大阪に行っているあいだ、啄木と小奴は六日、七日と、人力車に乗って上野の「鈴本」（演芸場）に行ったり、銀座を散歩したりと逢引を楽しんだ。

小奴は手をつないだ啄木にもたれ、宿で寿司を食べながら、悲しい身の上相談をした。啄木は「逸見の妾になれ」と勧めた。

啄木と小奴のことは新詩社の同人にも知られるようになり、十日には与謝野晶子から小奴について聞かれる一幕もあった。

連載小説「鳥影」は十二月三十日、五十九回で終了した。この間、連載の仲介に当たった栗原元吉は東京毎日新聞を退社していた。

東京朝日新聞社で働く

明治四十二年（一九〇九）が明けた。

廃刊した『明星』に続く文芸誌として期待されていた『スバル』創刊号は元旦に発刊された。同誌は森鷗外が命名したもので、発行名義人は啄木だった。啄木は小説「赤痢《せきり》」を発表したが、さほど注目されなかった。

啄木は二月三日、盛岡出身だが面識のない東京朝日新聞社編集長の佐藤真一（号は北江《ほっこう》）へ、履歴書と『スバル』を同封した手紙を出した。佐藤は明治元年十二月生まれで、啄木より十八歳年上である。

二月六日、啄木は一人で東京朝日新聞社を訪れ、佐藤と明日の会見を約束してもらった。啄木は色好い返事をもらうと、気をよくして浅草に遊んだ。

翌七日、啄木は同社で佐藤と正式に会見した。

「中背の、色の白い、肥った、ビール色の髯をはやした武骨な人だった」

ビール色の髯とは、観察眼に優れた啄木ならではのユニークな表現である。

たった三分ばかりの話しあいで、佐藤は月給三十円で雇えるように会社側と交渉してみると約束してくれた。

「これさえ決まれば、生活の心配はだいぶなくなる」

その夜は、盛岡から帰ってきた金田一京助と共に質屋に行き、京助はフロックコートなどの質草で二十一円を手にした。二人は料理店に入り、深夜十二時まで天ぷらを食べながら飲み、大笑いをして帰った。

啄木は二月八日昼ごろ、大手出版社の春陽堂に行き、本田という編集者に会うと、先に森鷗外に託しておいた小説「病院の窓」を買ってくれるように交渉した。

本田は「掲載前に原稿料は支払えない」と言ってしぶったが、啄木が執拗《しつよう》に迫ったので、一枚二十五銭ならばという条件で、稿料二十二円七十五銭（原稿用紙九十一枚分）を啄木に渡した。

啄木は日記に「値切られた」と記しているが、内心はありがたく、「春陽堂より初めて稿料貰ふ」とどことなく誇らしげに書いている。

この小説は、釧路での実体験をもとに書いたもので、流れ者の新聞記者である野村良吉、看護婦の梅野、二人を見守る元詩人の新聞記者竹山が織り成す物語である。だが、啄木の生前中に活字になることはなく、大正八年（一九一九）刊行の『啄木全集・第一巻』（新潮社）に収録される。

懐が温かくなった啄木は北原白秋と浅草へ行き、「新松緑」で飲んだ。さらに、芸者のすみ子、すみ子の姉で米松と名乗って芸者をしていた植木貞子と「末広屋」というところへ行って、午前二時ごろまで遊んだ。

啄木は貞子をもてあそんだうえに捨てておきながら、自分に気があるのをいいことに、さらに妹まで巻きこんで「不思議な晩」（日記）を過ごした。啄木と白秋は気の置けない仲となった。

二月十日、函館にいる橘智恵子の消息を伝える手紙が届いた。本人からではなく、「智恵子は急性肋膜炎で入院している」ことを伝える母親からのものだった。

翌二十一日には、妹の光子から「（宣教師の）エバンスと共に旭川に行く」と書かれた葉書が届いた。

二十四日午後七時ごろ、啄木が遅くなった夕飯を、不平をもらしながら食べていると、東京朝日新聞社の佐藤真一からの手紙が配達された。

祈るような気持ちで封を切った。

「二十五円のほかに夜勤一夜ずつ一円、都合三十円以上で校正に入らないか」と書かれてある。啄木にとって、この日は「記憶すべき日」になった。

「ありがたい。これで東京生活の基礎ができた！」

さっそく承諾の返事を出し、北原白秋のもとへ駆けつけた。自分のことのように喜んだ白秋は黒ビールで祝ってくれた。

啄木は翌日午後、東京朝日新聞社へ行って佐藤に会い、三月一日から出社することにした。同社は年度制度をとっており、本来であれば四月からでなければ入社できなかったが、佐藤の働きかけで年度途中でも働けるようになった。

夜には、函館で暮らす母と節子らに手紙を書いて投函した。だが、当面の生活費がない。入社が決まったことを担保にと思ったのか、小奴こと坪仁子と、堀田秀子に借金を申し入れる電報を打った。

翌二十六日、小奴から二十円の電報為替が届いた。啄木はその金で飲み食いしたあと、下宿料十円を払ったが、未払いの百十数円を考えれば焼け石に水だった。

二十七日、函館にいる宮崎郁雨と母カツから手紙が届いた。

新聞社への入社を知ったカツは、「三月になったら何が何でも一人上京する」と書いており、つたないひらがなの文面から母親の声が聞こえてきそうだった。

啄木は金が入れば浪費する悪癖がある。小奴が送ってくれた為替二十円を現金に変えると、書店の中西屋で『オスカーワイルド論』を三円五十銭で買った。

「何年の間本を買はぬ者の、あはれなる、あはれなる、あはれなる無謀だ！」

この日は「パンの会」があり、啄木は両国へでかけた。パンとはギリシャ神話に出てくる牧羊神（半獣神）の意味であり、若い文芸家や芸術家たちが月に数回の割合で集まっては新芸術について語り、気炎をあげていた。

詩人・作家の太田正雄（筆名は木下杢太郎《もくたろう》）、洋画家の石井柏亭《はくてい》と山本鼎《かなえ》が現れ、大いに飲み、食い、語らった。

午後九時半に外に出ると、電車で浅草へ行ったが、活動写真はもう終わっていた。四人は「第三やまと」でビールを飲んだ。帰りには、太田と二人で寿司を食い、啄木が二人前払った。その結果、もう十二円五十銭ばかりしか手元に残っていない。どうしてこうなるのかと複雑な思いになった。

啄木は、比較的恵まれた生活を送りながら高尚な芸術論を語るパンの会のメンバーとは考えが合わず、深入りすることはなかった。


三月一日の朝を迎えた。

いよいよ午後一時から東京朝日新聞社に出勤である。だが、前日に下宿料として十円支払ったこともあり、この時点では懐には四十五銭しか残っていない。二日前に購入した『オスカーワイルド論』を古書店に売り、一円三十銭を手にした。実際には二円二十銭の損である。

昼飯を食うと、電車で数寄屋橋まで行き、京橋の東京朝日新聞社に入った。

佐藤は社員の何人かを紹介した。広い編集局には一団ずつテーブルと椅子がある。電話をかける声がひっきりなしに広い室内にあふれる。そんなに無理して声を張りあげなくてもいいのにと思うほど、声が大きい。

啄木は木村という高齢者と並んで校正をすることになった。校正の担当者は啄木を入れて五人だが、ほかの四人はいずれも年寄りで、一人は少し耳が遠いようだった。社会部の主任、渋川玄耳《げんじ》（本名は柳次郎）は髯のない青い顔に眼鏡をかけていた。渋川はのちに『一握の砂』の序文を、藪野椋十《やぶのむくじゅう》の名で執筆する。

午後五時ごろ、初校の校正が終わると、「今日はもう帰ってもいい」と言われ、啄木は電車で帰った。

翌日、函館で家族の面倒をみてくれている宮崎郁雨へ手紙を出した。東京朝日新聞社に入社したことを伝え、安心させるためである。啄木は筆まめだったが、当然ながら都合の悪いことは書けない。春陽堂の原稿料、小奴から送ってきた金の大半を飲み食いなどに使ったことは秘密である。

三月三日、啄木はこの日から煙草を節約し、往復の電車の中でジャーマンコースの勉強に励もうと自分に言い聞かせた。電車の五十回券を買い、名刺を頼んだ。

啄木は就職はしたものの、相変わらず金欠病は続いた。

七日、啄木はひさしぶりに与謝野寛の家を訪れた。晶子は三日に男児を産んだが、産後の肥立ちが悪く熱を出していた。

八日、『スバル』三号が届いた。森鷗外の「半日」を読み、「たいした作ではむろんないかも知れない。しかし、恐ろしい作だ。先生がその家庭を、その奥さんをこのように書かれた態度！」と思った。

ようやく新聞社での校正の仕事も面白くなっていた。啄木が仕事を終えて帰宅すると、森鷗外から葉書が届いていた。

「新聞の仕事の許すかぎり著作に努力するように」

と励ます内容だった。今はまだ無名の男に対する思いやりがうれしかった。

三月十二日、節子から手紙が届いた。

日中は曇っていたが、夜は雨になった。雨の音を目をつむって聞いていると、渋民の寺にいたころの、静かな、わびしい、それでいて心が穏やかだった夜の雨がしみじみと思い出された。

窓をあけて外を見やると、雨のなかに無数の灯が見える。電車停留場の青と赤の灯りは、泣いているように映った。

「ああ、自分は東京に来ているのだ」

そのことがしみじみと感じられ、妻や母のことが思い出された。

渋民の軒灯一つしかない暗い町のなかを、蛇の目傘をさし、心になんのわずらうこともなくたどったころのことが偲《しの》ばれた。大きい都会、そのなかに住んでいる人は皆、生命《いのち》がけで働いている。

「……そのなかに自分もまぎれこんでいる。……ああ、自分は働けるだろうか、働き通せるだろうか！」

雨の音を聞いているうちに泣きたい気持ちになった。

十三日、与謝野宅を訪れた。晶子は少し体調はいいという。寛は東京朝日新聞に書く連載小説の題名を「第一歩」にすると話した。

「ああ、与謝野氏は、小説のために真面目になっているのではない！」

寛が生活のために小説を書こうとしていることを知り、複雑な心境になった。

十四日、この日は日曜日で、春らしくうららかに晴れた。啄木は午前中はドイツ語の学習、午後は京助と文学などについて語りあった。

夕方から二人で浅草に行って活動写真を見たあと、啄木が塔下苑と名づけた界隈を歩いた。金田一はこのような場所が初めてとあって、しきりに興奮していた。二人は広小路の牛飯屋に入った。


一週間後の日曜日（二十一日）は春季皇霊祭だった。

啄木は午後、与謝野宅を訪れて飯を食べたのち、浅草新片町の待合《まちあい》（芸妓などを呼んで遊ぶ待合茶屋のこと）が並んだ町に、詩人で作家の島崎藤村の家を初めて訪問した。啄木は午後九時半ごろまで話した。

「おとなしい人だ、しっかりした人だ。話は面白かった」

初対面の印象を簡潔に日記に記した。

三月二十五日は、社の月給日である。啄木は二十五円を手にしたが、中身を一目見ただけで、佐藤真一に手渡した。啄木は入社後、給料の前借りをしたいと佐藤に申し入れたのだが、佐藤は「面倒だから」と個人的に二十五円を貸してくれたのだった。月給日だというのに、啄木には一銭も残らなかった。

翌日は電車賃もないので、「最近文壇の変調――積極的自然主義＝新理想主義の標榜《ひょうぼう》――」という論文を書こうと思って社を休んだ。筆は進まず、二、三枚を書いたきりだった。

二十八日、啄木は与謝野宅で、ひさしぶりに晶子と対面し、

「肥った、年増女らしくなった。だんだん作家を職業とする女の風になった」

と、感じた。自分も早く小説家になりたい。

あせる啄木は、出社する前に出版社の大学館に立ち寄っては、東京毎日新聞に連載した小説「鳥影」の原稿を本にしてくれるように交渉していた。

三十日、今日こそはと意気込んで乗りこんだが、二時間も待たされてしまい、出社時間が過ぎてしまった。

前日には、中村武羅夫《むらお》という男が原稿を突き返され、肩を落として帰っていった姿を目撃している。啄木はよもや自分にはそんなことは起こらないだろうと思って

いたが、対応した編集者から「鳥影」の原稿を突き返されてしまった。

長時間待たされたあげく最悪の結果となってしまった啄木は、面当《つらあ》てに死んでやろうかと思いながら通りを歩いた。すぐ前の電車線に人だかりがしていた。犬が電車にひかれて、生々しい血が広がっている。血まみれの顔が見えた。

「ああ、助かった」

とたんに死のうと思っていた気持ちは失せたが、ひどく陰鬱《いんうつ》な気分になった。そのまま出社せずに下宿に帰ってしまった。

ちなみに、中村武羅夫は啄木と同じ明治十九年の十月、北海道の岩見沢に生まれた。小学校の代用教員をしたのち、明治四十年に上京。のちに文芸誌「新潮」の編集者となり、評論家、小説家としても活躍する。


『ローマ字日記』


啄木は今すぐにでも家族を東京に呼び寄せたいと思っていた。

本来なら東京朝日新聞社の給料だけで十分に一家を養うことができる。だが、これまでの借金漬けのために、今すぐには生計を立てられない。小説も売れない。ジレンマにかられる日々が続いた。

四月一日、啄木は『源氏物語』を売って金を手にすると、思いきって髪を五分刈りにした。隣室に京都大学のテニスの選手十数人が泊まったとかで、下宿で働く女中たちは大騒ぎだった。学生たちは、啄木の部屋（九番）と金田一京助（六番）のあいだにある七番と八番の部屋に分かれて泊まった。

啄木は四月三日からローマ字で日記をつけた。

六日までは「明治四十二年当用日記」、七日からは背革黒クロース装の洋横罫《けい》ノートに書いた。のちに『ローマ字日記』と呼ばれるのは、一般的にはこのノートを指す。啄木が『ローマ字日記』と命名していたわけではない。

このうち日付があるのは六月一日までで、それより十六日までの出来事は「二十日間（床屋の二階に移るの記）」としてまとめてある（明治四十四年当用日記の十月二十八日から三十一日までもローマ字）。なお、「はじめに」のところで既述したように、『ローマ字日記』が公になるのは、戦後のことである。

啄木はローマ字で書くと頭が冴《さ》え、筆が進むのか、小説の世界にひたっているかのように内面の葛藤や心理状態を日々の出来事、情景などに重ねて書き連ねた。ついつい夢中になって、連日のように長文になる。

四月七日付には、次のような記述がある。

「そんならなぜこの日記をローマ字で書くことにしたか？　なぜだ？　予は妻を愛

してる。愛してるからこそこの日記を読ませたくないのだ。――しかしこれは嘘だ！　愛してるのも事実、読ませたくないのも事実だが、この二つは必ずしも関係していない。そんなら予は弱虫か？　否、つまりこれは夫婦関係という間違った制度があるために起こるのだ。夫婦！　なんという馬鹿な制度だろう！　そんならどうすればよいか？」

　啄木は自問自答をくり返した。

　この日、京都大学のテニスの選手たちは最後の決戦日ということで、勇ましく出かけていった。啄木はいつものように昼食を食べてから、社へ出勤した。

「広い編集局の片隅でおじいさんたちと一緒に校正をやって、夕方五時半頃、第一版が校了になると帰る。これが予の生活のための日課だ。

　今日おじいさんたちは心中の話をした。何という鋭いアイロニー（皮肉）だろう！　また、足が冷えて困る話をして、〝石川君は、年寄りどもが何を言うやらと思うでしょうね〟と、卑しい、助平らしい顔の木村じいさんが言った。〝ハ、ハ、ハ……〟と予は笑った。これもまた立派なアイロニーだ！」

　本郷の通りを通って、大学構内の半分ほど開花した桜を眺め、美しい着物を着た美しい人を見て、妻のこと、京子のことを思い浮かべた。

「四月までにきっと呼び寄せる、そう予は言っていた。そして呼ばなかった、否、呼びかねた。おお、予の文学は予の敵だ」

　隣室の大学生たちは試合に負けて帰ってきたという。活動写真が好きな啄木は京助とともに、通りに新しく出来た活動写真屋に入った。

　午後十時過ぎにもどると、隣室で慰労会から帰った選手の一人が酔っ払い、電灯を叩き壊すなどして暴れていた。仲間がとめようとしている。その一人と目が合った。驚いたことに盛岡高等小学校で同級生の坂牛という男だった。

　坂牛は京都大学の理工科の学生だという。三人は啄木の三畳半の狭い部屋に入ると、午前一時ごろまで童心に返って笑い転げ、しゃべりまくった。そのころには隣室の騒ぎも収まっていた。

　床に入ってから、啄木は二百日あまりも狭い三畳半の部屋で寝起きしてきた自分の生活が味気なく、つまらなく感じられた。

　四月八日夜、社からもどった啄木は、綿入れの袖口の切れた部分を縫おうと思って、本郷通りにでかけた。通りには夜店のほかに植木屋も出ていた。

　針と糸だけを買うつもりが、「やめろ、やめろ」「一文なしになるぞ」「函館（の家族）は困っているぞ」という心の叫びを聞きながらも、ついつい誘惑に負け、帳面、足袋、サルマタ、巻紙、さらに三色菫《すみれ》の鉢二つを五銭ずつで買ってしまった。

啄木は菫の鉢を一つ持って、金田一京助の部屋に入った。

「昨日、あなたの部屋に行ったとき、言おう、言おうと思って、とうとう言いかねたことがありました」

京助がきりだした。啄木は「何ですか？」と言って、うながした。京助はなんどかためらったあと、話しだした。

五人いる女中は京都の大学生がやってきてからというもの、大騒ぎして、そのことばかりに気をとられている。なかでも一番の美人であるおきよは、三階が受け持ちの番だったこともあって、学生たちから「おきよさん、おきよさん」と言われ、一緒になって騒いでいた。ずいぶんいかがわしい言葉をかけたり、くすぐるような気配なども聞こえた。隣室から物音が聞こえるたびに嫉妬《しっと》にかられていた。

啄木は「嫉妬！」と聞いて、驚いた。京助の意外な一面を見た思いがした。

その夜、学生のほとんどは発ち、二人だけが七番と八番に一人ずつ寝ていた。

午前一時二十分ごろ、一心にペンを動かしていると、部屋の外に忍び足の音とせわしい息づかいがした。みんなが寝静まっているかどうか探るような気配である。大きく島田を結った女の影法師が入口の障子に鮮やかに映った。

「おきよだ！」

隣室の入口の戸が静かにあいた。おきよは中に入ったあと、寝ている男を起こし、いったん閉めた戸を、また少し細目にあけた。啄木の部屋を探っているような気配が伝わってくる。遠くの部屋で「カン」と午前一時三十分を告げる時計の音が鳴った。啄木は息が詰まった。できるだけ音がしないように羽織を脱ぎ、足袋《たび》を脱ぎ、十分ばかりもかかって床の中に入った。

「隣室からは、遠い所に獅子でもいるように、そのせわしい、あたたかい、不規則な呼吸がかすかに聞こえる。身も心もとろける楽しみの真っ最中だ」

啄木はいい小説の材料でも見つけたような気がしたが、京助に知らせようかどうか迷った。知らせるのは残酷だ、いや、知らせる方がおもしろい、などと思っているうちに午前二時を知らせる時計の音が聞こえ、まもなく眠ってしまった。

九日の朝が明けた。桜は九分咲きで、暖かで穏やかな、春らしい日だった。

空は遠く花曇り、霞んでいる。啄木は結局、京助に深夜の出来事を話して聞かせた。おきよが入った部屋の学生の名前はすぐにわかった。男と別れの言葉を交わしたおきよは、すぐに鼻歌を歌いながら立ち働いていた。

四月十日、啄木は午前三時過ぎまで『中央公論』の小説を読んだために、午前十時過ぎに起きた。啄木は小説家になりたくて、実際に小説を書いてみたが、なかなか満足するものを書けずにいた。

啄木は文学についてとりとめのない考えを日記に書き連ねた。そのうちに感情がたかぶり、ついには赤裸々なことまで告白した。

「いくらかの金のある時、予は何のためろうことなく、かの、みだらな声に満ちた、狭い、きたない町に行った。予は去年の秋から今までに、およそ十三―四回も行った、そして十人ばかりの淫売婦を買った。ミツ、マサ、キヨ、ミネ、ツユ、ハナ、アキ……名を忘れたのもある。予の求めたものは暖かい、柔らかい、真白な身体だ。身体も心もとろけるような楽しみだ」

以下、過激な性描写が続く……。

「人生そのものの苦痛に耐ええず、人生そのものをどうすることもできぬ。すべてが束縛だ、そして重い責任がある。どうすればいいのだ？　ハムレット（英語）は〝トー　ビー、オワ、ノット　トー　ビー〟と言った。しかし今の世では、死という問題はハムレットの時代よりももっと複雑になった」

啄木はさらに自分の置かれた精神状態を叫ぶようなタッチで綴った。まるで日記だけが自分の悩みを聞いてくれる無比の親友でもあるかのように。

函館に残した家族を思い悩む

四月十一日は日曜日で、花見日和だった。

「二百万の東京人がすべてを忘れて遊び暮らす花見は今日だ」

啄木は前日の滅入った気分が嘘のようにさわやかな気分になり、午前九時、花婿のようにそわそわし、洋服を着た金田一京助と連れだって出かけた。

二人は田原町で電車をおり、浅草公園を歩いた。たわむれに一銭を賽銭《さいせん》として投じ、御神籤《おみくじ》を引くと、「吉」と書かれてあった。吾妻橋から川蒸気に乗って千住大橋まで隅田川をさかのぼった。

千住をぶらついたあと、ふたたび船で鐘ヶ淵までもどり、何万人もの晴れ着を着てぞろぞろと歩く人々にまじって、「花のトンネル」の下を歩いた。なかにはもう酔っ払って、おどけた真似をしている者もあった。二人は一人の美人を見つけて、長いことその女性と前後しながら歩き続けた。言問《こととい》からまた船に乗り、浅草まで出ると、二人はとある牛肉屋で昼飯を食べて別れた。

余談だが、啄木は日記によく、どこの店で何を飲み、何を食べたかということを記している。それによると、ソバや天ぷら、寿司に加え、牛肉屋、牛飯（屋）、牛屋、牛鍋などの記述があり、牛肉料理を好んでいたことがわかる。

啄木にとって辛かったのは、節子や母からの上京を望む手紙である。四月十三日には、函館の母カツから「悲しき手紙」がきた。

カツは幼いとき、盛岡市仙北町の寺子屋では第一の秀才だったというが、結婚して以来、おそらく四十年ものあいだ一度も手紙を書かなかったと思われる。

啄木が初めてカツの手紙を受けとったのは一昨年の夏、函館にいたときだった。渋民に残されたカツはその窮状を訴えていたが、忘れていたひらがなを思い出して書いたらしく、ひどく読みにくいものだった。二通目は釧路にいたとき、函館から届いたものだった。

「東京に出てからの五本目の手紙が今日きたのだ。初めのころからみるとまちがいも少ないし、字もうまくなってきた。それが悲しい！　ああ！　母の手紙！」

よぼよぼしたひらがなの、かな違いだらけの母の手紙は、自分にしか読みとることができないだろうと、啄木は思った。『ローマ字日記』には、カツが四日前に書いて送った手紙が全文転載されている。

啄木は母の手紙を読んで、「むしろ早く絶望してしまいたい」と思ったり、三十回ぐらいの新聞小説を書けば、案外早く金になるかもしれないと思ったりした。

十四日、貸本屋から見せられた徳川時代の春本（好色本）の『花の朧夜《おぼろよ》』『情の虎の巻』を借りると、『花の朧夜』の方をローマ字で帳面に写した。創作の興と性欲とはよほど近いように思われた。

夜、京助の部屋に、作家の中島孤島《ことう》が詩人の内山舜《しゅん》と一緒にやってきた。中島は小説『新気運』（平民書房）を出すなど、小説家、評論家、翻訳家として知られていた。中島は啄木の原稿を売ってくれると言った。

午後十時近くに雨が降りだし、二人は帰ることになった。

「中島君は社会主義者だが、彼の社会主義は貴族的な社会主義だ――彼は車（人力車）で帰っていった。そして内山君――詩人は本当の社会主義者だ……番傘を借りて帰って行くその姿はまことに詩人らしい恰好を備えていた」

啄木はどことなく物足りない感じになった。京助もそうらしい。二人は床の間にある花瓶に活けてあった桜の花を、部屋いっぱいに敷いた蒲団の上に散らすと、子供のようにキャッキャと騒いだ。

京助に蒲団をかぶせてバタバタ叩き、自室に逃げてきた。啄木は「木馬」を三枚書いて寝たが、節子が恋しくなった。しかし、それはわびしい雨の音のせいではなく、好色本の『花の朧夜』を読んだためだった。

啄木はいつものようにローマ字で日記を書いた。いつしか日付は十五日になっている。節子は自分にとってどんな存在なのかと考えた。

「恋は醒めた。予は楽しかった歌を歌わなくなった。しかしその歌そのものは楽しい。いつまでたっても楽しいに違いない（中略）予の節子を愛してることは昔も今もなんの変わりがない。節子だけを愛したのではないが、最も愛したのはやはり節子だ。今も——ことにこのごろ予はしきりに節子を思うことが多い」

この日の朝、啄木は便所に行って、木々がみな浅緑の芽をふいていることにびっくりした。一晩のあいだに世界は緑色に変わっていた。

現実には下宿代を支払えとの催促が待っていた。啄木は京助から、まさかのときに質に入れて使えと言われて預かっていたインパネス(外套)を松坂屋に持っていって二円五十銭を借り、五十銭は前に入れておいた質草の利子として入れた。

電車で上野に行くと、散り落ちたあとの桜を眺め、上野ステーションの汽笛を聞いて「汽車に乗りたい」と思った。

病《やまひ》のごと
思郷《しきやう》のこころ湧《わ》く日なり
目にあをぞらの煙かなしも

ふるさとの訛《なまり》なつかし
停車場《ていしやば》の人ごみの中に
そを聴きにゆく

帰りたくても帰られない。啄木は広小路の商品館の中を歩いた。「馬鹿な！」と、自分の行動を諌めながらも、商店館のなかにある洋食店で西洋料理を食べ、原稿用紙、帳面、インクなどを買って帰った。

四月十七日になった。啄木は「今日こそ小説を書こう」と思い、「赤インク」の題で書きだしたが、ノートに三枚ばかり書いて、それっきりペンがとまった。この小説は自分が自殺する話だったが、どうしても自分を客観視することができない。

「とにかく書けない。頭がまとまらない」

啄木はペンを置き、風呂に行った。そこで京助と会った。

「樺太《からふと》行きが決まりそうだ。決まれば、樺太庁の嘱託《しょくたく》としてギリヤークやオロッコという土人（原住民）の言葉を調べに行くことになる」

京助は自分でも驚いているように言った。啄木はもっと驚いた。

風呂から下宿にもどり、机に向かうと、悲しくなった。まもなく京助が『独歩集第二』を持って部屋にやってきた。啄木は国木田独歩の詩を二、三編読んでもらったあと、樺太についていろいろと聞いた。京助はアイヌのこと、朝空に羽ばたく鷲のこと、船のこと、前人未踏の大森林などについて語った。

「樺太まで旅費がいくらかかります？」

「二十円ばかりでしょう」

ふーむと啄木はうなった。「あっちへ行ったら、何か僕にできるような口を見つけてくれませんか？　巡査でもいい！」と言うと、京助は痛ましい眼をして啄木を見つめた。一人きりになると、啄木は自問自答した。

「だんぜん文学をやめよう」

「やめて、どうする？　何をする」

「デッス（英語で「死」）」

「いっそ田舎の新聞へでも行こうか」

「行ったところで、家族を呼ぶ金は容易にはできそうもない」

「とにかく寝てから考えよう」

人といふ人のこころに
一人づつ囚人《しうじん》がゐて
うめくかなしさ

十八日、節子の手紙が届いた。

「京子が近ごろ身体のぐあいがよくないので、医者に診てもらったところ、また胃腸が悪い、しかも慢性だという。あなたがいなくて心細い」

といった内容だった。

啄木は仮病で十三日から五日間も休んでいた。しかも小説は一本もできていない。手紙を読んで気が変わり、出社することとした。女中たちから「今日も休んでいる」と思われたくなかったせいもある。

電車には、三歳ぐらいの女の子が乗っていた。すぐに京子の面影が浮かんだ。

節子は函館で前年十月から、函館区立宝小学校の代用教員をしている。月給は十二円。朝でかけると夕方まで帰ってこない。家にはカツと京子の二人だけである。おなかをすかせた京子はカツに、何か食べたいと泣いてだだをこねる。

「おばあさん、何か、おばあさん」

カツがなだめてもきかない。「それ、それ、それ……」と言って、カツはたくわん漬けをだす。それを食べた京子は消化できずに弱い胃腸をさらに傷つける……。啄木はそのような情景を思い浮かべては胸を痛めた。

忘れえぬ橘智恵子

啄木は四月二十一日朝、前年、赤心館で下宿していたときに通った台町の湯屋に行った。この湯屋には大きな姿見（鏡）があり、気持ちのいい噴霧器《ふんむき》も置いてある。一年前と変わっていなかった。背中を洗い流す三助《さんすけ》まで同じだった。

下宿にもどり、この日の日記をつけているとき、啄木は途中からローマ字ではなく、英文で記した。

「そして、ひどくいやな夏がまた私に――一文無しの小説家にやってくる！　ひどくいやな夏！　ああ！　身体的なもがきの大きな痛みと深い悲しみとともに、そして、一方では若いニヒリストの底なしの狂喜とともに！（中略）

この首府に下宿やホテルはいくらでもある。今日、私には五厘銅貨一枚しかない。しかしそれがどうしたというのだ？　ナンセンス！　東京にはたくさん、たくさん、作家がいる。それが私になんのかかわりがある？　関係ない。彼らは指先と筆で書いている。しかし私はインクとGペン（ペン先の形状でGタイプ。欧文の筆記などに使う）で書かなければならない！　それだけだ。ああ、焼けつく夏と青春のもだえ！」（訳文は筆者）

四月二十四日、札幌の橘智恵子から手紙が届いた。七日にも「病気が治って先月二十六日に退院した」との葉書を受けとっている。

啄木は二年前（明治四十年）六月、函館区立弥生尋常小学校の代用教員になったとき、同僚の智恵子に惹かれた。実際に話したのは、函館大火のあと、同小の大竹校長の家（仮事務所）に退職願を持参した九月十一日が初めてであった。

にもかかわらず、函館を去る前日の十二日には、渋民を去る前に女教師の堀田秀子と会って別れを惜しんだように、わざわざ智恵子の下宿を訪れ、詩集『あこがれ』を贈り、二時間ばかり歓談していた。そのときの軽やかな身のこなし、さわやかな声が脳裏によみがえってきて、せつなくなった。

啄木は前年（明治四十一年）十一月から十二月にかけて、東京毎日新聞に連載した小説「鳥影」に、女教師の日向智恵子という女性を登場させた。

「クッキリとした、輪郭《りんかく》の正しい、引き締まった顔をまともに照らす。切れのよい眼をまぶしそうにした。紺飛白《こんがすり》の単衣《ひとえ》に長すぎるほどの紫の袴《はかま》――それが一歩《ひとあし》ごとに日に燃えて、静かな四辺《あたり》の景気《けいき》もいきるようだ。齢《とし》は二十一、二であろう。少し鳩胸の、肩にほどよい円みがあって、歩き方がシッカリしている」

これは橘智恵子を見たときの実体験を重ねたものであろう。

手紙には、外を散歩できるくらいに元気になったと書かれてあった。人妻になる前に一度でいいから会いたいと思った。函館で二度しか会っていない女性なのに、むしょうに恋しい。

『一握の砂』の「忘れがたき人々」(二)二十二首すべては智恵子の追想として詠まれたものである。

さりげなく言ひし言葉《ことば》は
さりげなく君も聴《き》きつらむ
それだけのこと

世の中の明るさのみを吸《す》ふごとき
黒き瞳の
今も目にあり

函館のかの焼跡《やけあと》を去りし夜《よ》の
こころ残りを
今も残しつ

山の子の
山を思ふがごとくにも
かなしき時は君を思へり

病《や》むと聞き
癒《い》えしと聞きて
四百里《しひやくり》のこなたに我《われ》はうつつなかりし

君に似し姿を街《まち》に見る時の
こころ躍《をど》りを
あはれと思へ

金田一京助と吉原へ行く

四月二十五日、啄木は月給を受けとった。といっても現金は七円だけで、あとは十八円の前借証だった。それでも、先月は二十五円の「顔」を見ただけで佐藤編集長にまるごと手渡したことを思えば、まだましだった。

この日は日曜日で、啄木は第一版を校正しただけで退社した。

午後四時ごろ、駿河台の与謝野宅を訪れた。寛は俳優養成所の芝居を見に行って留守だった。啄木が二階で晶子と話していると、吉井勇がやってきた。晶子は今度の『スバル』短歌号に出す寛の歌は物議をかもすかもしれないと言った。

「どうしてです?」

啄木が訊くと、晶子は語りだした。

「こないだ二人で喧嘩したんですよ。うちが、あなた、七瀬ばっかりかわいがって八尾を、どうしてなんですか、たいそういじめるんでございますよ。あんまりいじめるもんですからますます神経が弱って泣くもんですからね、こないだ一週間だけ叱らない約束してもらったんですが、それをねぇ、またピシャピシャ顔をぶつもんですから、私そんなに子供をいじめられるなら家へ帰りますと言うと怒りましてねえ。それを今度の歌につくったんでございますの。『妻に捨てられた』とかなんとかいろんなものがありますよ」

「は、は、は!　そうですか」

「それから、あのう、山川さんがお亡くなりになりましたよ」

「山川さんが……!」

「ええ……今月の十五日に……」

山川登美子は『明星』の社友となり、与謝野晶子らと『恋衣』を刊行した。寛より「白百合の君」と称された女流詩人・歌人である。満年齢で二十九歳という若さだった。啄木は「薄幸なる女詩人はついに死んだのか」と感慨にふけった。

寛が帰宅してまもなく啄木は辞した。なにかの話で少しばかり自尊心を傷つけられた。啄木は「ははは」と笑いながら外に出ると、「チェッ」と舌打ちした。

「彼らと僕とは違っているのだ。ふん！　見ていやがれ、馬鹿野郎め！」

啄木は自分に言い聞かせた。電車の二十回券を買い、下宿にもどった。

頭が少し痛かったが、金田一京助を誘って散歩にでかけた。本郷三丁目で電車に乗ると、坂本行きの乗換え切符を切らせて、吉原へ向かった。

京助は二、三度来たことがあるというが、廓《くるわ》に入ったことはないという。啄木にとっては吉原そのものが初めてである。二人は絢爛《けんらん》な不夜城に足を踏み入れ、廓の中をひと巡りした。思ったより広くもなく、びっくりするほどのことはなかったが、「さすがに美しいには美しい」と思った。

なかでも「角海老」は吉原第一級の大楼である。だが、庶民には手が届かない。懐がわびしい啄木にも高嶺《たかね》の花だった。角海老の時計台が午後十時を打ってまもなく、二人は花のような廓見物を終えて浅草へ人力車で向かった。

啄木は塔下苑を歩こうと言ったが、二人とも非現実的な美しさの吉原を見てきたあととあって興味がなくなっており、とある牛肉屋で飯を食べると、そのまま下宿にもどった。

すでに日にちが変わっていた。

「夜、目を覚ますと、雨だれの音がなんだか隣室のさざめごとのようで、美しい人が枕元にいるような……心地になることがある」

京助が思いがけないことを言いだした。

「私はそんな心地を忘れてから何年になるかわからない！」

啄木が言うと、

「私もいつか、ぜひあそこへ行ってみたい」

京助らしからぬことを口にした。

「吉原なら僕はやはり美しい女と寝たい。あそこには歴史的連想がある……」

啄木が長々と吉原への思いを語ると、京助は顔をほてらせた。二人は一時間近くも吉原について語った。


四月二十六日朝、啄木は目を覚ました。火鉢の火が消えていたこともあり、頭のなかがじめじめと湿っているように感じた。

函館で世話になった並木武雄の手紙が配達されてきた。並木はこのとき東京外国語学校支那（中国）語科で学んでいた。手紙の内容は貸してあった時計を今月中に返してほしいというものだった。啄木はその時計を質に入れている。

啄木は嫌になった。社に行こうか行くまいか、それよりもまず死のうか死ぬまいかと考えた。死ぬにしても、この部屋ではいけない。どこかへ行こうと思い、台町にある湯屋《ゆや》に行った。湯に浸かったあと、水をかぶってあがった。

煙草に火をつけて外に出ると、湯上りの肌に空気が心地よく触れた。

「書くのだ！」という気持ちが起こった。そのまま松屋に行き、原稿用紙を購入した。下宿の部屋にもどってまもなく、函館で家族の面倒をみている宮崎郁雨からの手紙が届いた。手紙には、

「六月になったら、君の家族を東京へ行かせる。旅費も何も心配しなくてもいい」

という内容が書かれてあった。啄木は気が滅入った。

「今夜だけ遊ぼう！」と決めると、京助を誘って浅草へでかけた。

電気館で活動写真を見たが、つまらない。早々と外に出ると、啄木が塔下苑と命名した千束町を歩いた。「弥助」（寿司の異名）を食ったあと、北原白秋と来たことのある新松緑で飲んだ。啄木はそこで働く品のいい、たま子の境遇を聞いているうちにたまらなくなり、ぐいぐいと三杯、続けざまに飲んだ。たちまち酔った。

女将に二円を払い、隣室に行き、おえんという女と五分間ばかり寝た。何の愉快

も感じなかった。たま子に呼ばれて、もとの部屋にもどると、京助は横になったままだった。たま子の頬がかすかに赤い。

外に出ると、電車は車坂までしかなかった。二人は池之端から歩いた。啄木は京助に寄りかかりながら、悲しみの道を歩いているような気持ちになった。

「酒を飲んで泣く人がある。僕は今夜、その気持ちがわかったような気がする」

酔った啄木は正直に言った。

「ああ！」

京助もうなずいた。

「家へ行ったら僕を抱いて寝てくれませんか？」

二人は暗闇を『青い顔』（三島霜川の小説）の話をしながら歩いた。

道すがら京助は、たま子のことを話した。

「あの女とは寝なかった。ただ生まれて初めて女とキスをした」

啄木はひどく酔ったふりをして歩いた。飲み代と女とで三円も空しく使ってしまったことで、さらに悲しみが深まった。

今日《けふ》逢《あ》ひし町の女の
どれもどれも

恋《こひ》にやぶれて帰るごとき日

翌朝、啄木は、「今後けっして女のために金と時間とを費やすまい」と誓った。東京朝日新聞社に出勤し、来月分の月給を前借りしようとして言いだせず、そのまま下宿にもどると、原稿用紙に向かった。

午後八時ごろ、窓ガラスにちらりと赤い影が映った。同時に半鐘の音が激しく鳴り響いた。窓を開けると、真向かいの小石川から火の手があがっている。火は勢いを増し、町の底が騒がしくなった。

午後九時半ごろ、電話口に呼びだされた。相手は京助だった。京助は友人たちと日本橋の「松花亭」という料理屋にいるという。啄木が四十分ほど電車に揺られて料理屋に行くと、男四人が若い芸者一人を囲むようにして飲んでいた。

一時間ばかりして、啄木は京助と下宿にもどったが、啄木はこの宴会で一円を使ってしまい、金欠になった。

四月二十八日、崖下の家では幟《のぼり》を立てた。若葉の風が風車を回し、鯉と吹流しが葉桜の上を気持ちよさそうになびいている。

啄木は朝早く麻布霞町の佐藤真一を訪ね、来月分の給料の前借りを頼んだ。「来月のはじめまで待ってほしい」と言われ、新聞社に出勤した。

下宿にもどると、電車賃がなくなったことから、二十九日から欠勤し、小説「底」の執筆に励んだ。心配した京助は三十日、二円五十銭を貸してくれた。

こまったことに、金が入ると筆がとまる。外は糠《ぬか》のような雨が降り続いている。枕の上で、二葉亭四迷《ふたばていしめい》が訳したツルゲーネフの『ルージン（うき草）』を読み、深い感懐を抱いて眠った。

五月一日、空はきれいに晴れあがり、窓からはひさしぶりに富士がくっきりと見えた。午前中は『ルージン』を読んだが、その間、並木がやってきて時計を返してくれるように言って帰っていった。

啄木は午後から出社し、首尾よく二十五円を前借りした。だが、並木の時計を質屋から出すと、下宿代として支払うには足りなくなる。かりに下宿代を二十円払うと、時計を出せない。そんなことを考えながら尾張町から電車に乗ると、浅草へ向かった。雷門で降りると、夕飯を食い、活動写真に入った。

ちっともおもしろくない。外に出ると、「行くな！　行くな！」と心の声が呼びとめている。その声が聞こえていながら、足は千束町へと向かっていた。「常陸屋」の前をそっと過ぎ、角にある「金華亭」という新しい家の前にさしかかると、白い手が格子のあいだからすっと伸びてきて、啄木の袖をつかまえた。

その相手の女を見て、啄木はハッとした。名は花子、十七歳というが、

「ああ！　小奴だ！　小奴を二つ三つ若くした顔だ！」

と思った。ほどなく啄木は、菓子売りの婆さんと出て、千束小学校の裏手の高い煉瓦塀の下を歩き、細い小路のなかにある裏長屋へ案内された。

「ここに待っていてください。私は今戸を開けてくるから」

婆さんは巡査を恐れているのか、目をきょろきょろさせ、落ちつきがなかった。婆さんに手招きされて入ると、「私はそこいらで張り番をしていますから」と言い残して、外へ出ていった。

花子は先に来ていて、啄木が部屋にあがるなり抱きついてきた。

狭い、汚い家だった。壁は黒く、畳は腐れて、屋根裏が見えた。長火鉢の猫板（ひきだし部分の上の引板）の上に乗っている豆ランプが、これらのみすぼらしい有様をおぼつかなげに照らしている。古い時計がものうげに鳴っている。

煤けた障子で隔てられた二畳ばかりの狭い部屋に入ると、床《とこ》が敷いてあった。少し笑っても障子がカタカタ鳴って動く。かすかな灯りに照らされた女の顔をじっと見ると、丸くて白い小奴そのままの顔が薄暗いなかにボーッと浮かんで見える。

（小奴に似ている、実に似ている！）

心のなかで何度も同じことをつぶやいていた。

「ああ！　こんなに髪がこわれた。いやよ、そんなに私の顔ばかり見ちゃあ！」

啄木は女を抱き寄せた。若い女の肌はとろけるばかりに暖かい。隣室の時計はカッタカッタと鳴っている。

「もう疲れて？」

女が言った。啄木は婆さんが家に入ったときの音が気になった。

「婆さんはどうした？」

「台所にかがんでるわ。きっと」

「かわいそうだね」「かまわないわ」「だって、かわいそうだ！」

「そりゃあ、かわいそうにはかわいそうよ。ほんとうの独り者なんですもの」

「おまえも年をとるとああなる」

「いや、私！」

しばらく経つと、女はまた、「いやよ、そんなに私の顔ばかり見ちゃあ」と言った。

「よく似てる」「どなたに？」

「俺の妹に」「まっ、うれしい！」

花子は啄木の胸に顔を埋めた……。

不思議な晩だった。これまでいくたびか女と寝たが、いつもなにものかに追い立てられているようで、いらいらしていた。自分で自分をあざ笑っていた。ところが今夜は、目も細くなるような、うっとりとした気持ちになった。

啄木は花子を愛撫《あいぶ》しながら小奴の面影も抱いていた。

夢の一時間が経った。啄木と花子は起きて煙草を吸った。

「ここから出て左へまがって、二つ目の横町のところで待っててらっしゃい!」

花子はささやいた。啄木が外に出て、水道の脇に立っていると、花子が小路の薄暗い片側を下駄の音を鳴らして駆けてきた。二人は並んで歩いた。

「ほんとうに、またいらっしゃい、ね」

花子はときどきそばに寄ってきては、念を押すように言った。

無用な鍵

五月二日は日曜日だが、啄木の出勤日にあたっていた。

啄木が前夜の余韻にひたっていると、午前九時ごろ、渋民村の助役の息子である岩本実が、徳島県生まれの清水という青年を連れて下宿に現れた。

啄木は渋民小学校で教鞭を執っていたとき、岩本助役に世話になった。岩本実は渋民を出奔し、横浜にいる叔母を頼ってきたが、二週間後、故郷までの旅費を渡されてそこを出された。が、どうしても東京で働きたくて三日前に神田の宿屋に入った。その宿屋で清水と知りあった。清水は親と喧嘩して家を飛びだしてきたという。岩本は啄木の居場所を知るためにあちこち苦労してまわったと話した。

「夏の虫は火に迷って飛びこんで死ぬ。この人たちも都会というものに幻惑されて何も知らずに飛びこんできた人たちだ」

啄木は異様な悲しみを覚え、「あせるな。のんきになれ」とくり返し言った。

二人を連れて出かけると、ほうぼう下宿を探しまわったあげく、弓町二ノ八にある豊嶋館という下宿を見つけた。六畳一間に二人で月八円五十銭という条件だった。啄木は手付金として一円だけ女将に手渡した。啄木は社を休み、二人とともに天ぷら屋に行き、飯をおごってやった。

啄木は同郷のよしみで岩本を世話し、ついでに清水のことまで面倒をみてやったが、そのために財布は空っぽになってしまった。

翌三日、啄木は病気届けを社に送って、一日寝て暮らした。疲れきった人のように重い頭を枕にのせた。

四日も欠勤した。一日ペンを握り、「鎖門一日」を書いてやめ、「面白い男?」を書いてやめ、「少年時の追想」を書いてやめた。頭のなかが揺れている。しまいには投げだし、早く寝た。眠れなかった。

仮病による欠勤が続いた。出社はしないのに弓町の二人のことが気になって下宿先には顔を出した。金がないのに、下宿料を催促されてこまっていると聞くと、岩本を使いにやって佐藤真一から五円を借り、それを下宿に払ってやった。北原白秋から贈られた詩集『邪宗門《じゃしゅうもん》』まで売ってしまった。

八日から十三日までのある晩、絶望的な思いになった。金田一京助から借りてあったカミソリで胸に傷をつけ、それを口実に一か月社を休んでこれからのことを考えようとした。左の乳の下を切ろうと思ったが、痛くて切れない。かすかな傷が二つか三つついた。

尋常《じんじやう》のおどけならむや
ナイフ持ち死ぬまねをする
その顔その顔

気がついた京助は驚いてカミソリをとりあげ、むりやり手をひっぱって外へ連れだすと、インパネスを質に入れ、天ぷら屋に連れていった。そこで二人は飲み、啄木は笑った。下宿にもどると、母からの痛々しいひらがなの手紙が届いていた。

啄木はこのまま東京を逃げだそうと思ったり、田舎へ行って養蚕《ようさん》でもやりたいと思ったりしながら、無為《むい》な日々を過ごした。

小説を書こうとして書けなかった。「一握の砂」という小説は挫折し、「札幌」という題の小説は五十枚ばかり書いたが、まとまらない。何の自信もなく、何の目的もなく、朝から晩まで不安に追い立てられているのを感じた。

「この先どうなるのか！」

当てはまらない無用な鍵。どこへ持っていってもうまく当てはまる穴が見つからない。自分はそんな鍵のような存在だと思った。

死にたくてならぬ時あり
はばかりに人目を避けて
怖《こは》き顔する

（注）「はばかり」は便所のこと。

五月十四日、二度ばかり口の中からおびただしく血がでた。女中は「のぼせのせいだろう」と言ったが、啄木は不安になった。

翌十五日、新聞を広げると、長谷川辰之助こと二葉亭四迷《ふたばていしめい》が帰朝の途中、船の中で死んだとの報を伝えていた。二葉亭四迷は朝日新聞の露都（ペテルブルグ）特派員としてロシアへ赴いたが、不眠症に肺結核を併発した。ロンドン経由で日本へ向かったが、五月十日、ベンガル湾上で没した。享年四十五。遺体は寄港地のシンガポールで火葬にされた（遺骨は三十日、日本に帰る）。

夜、啄木は金田一京助の部屋に行き、二葉亭四迷の死について語った。

「二葉亭氏が文学を嫌い、文士と言われることを嫌いだったというのが解されない」

京助が言うと、啄木はひどく失望した。

二葉亭四迷の心情を理解できない友に、自分の心の底にある本当の悩みや苦しみもまた、理解できないだろうと思った。おたがいに知り尽くしていると思っていたにもかかわらず、実はうわべだけの交際だったのだと思うと、言いようのない悲しみを覚えた。

翌朝、啄木はもういちど京助に二葉亭四迷のことを語った。京助はやっと啄木の心情を理解してくれた。救われた気持ちになった。

啄木は社にも行かず、何もせず、つくねんと田舎行きのことを考えた。夕方、京助に現在の心境を語った。

「田舎！　田舎！　骨を埋めるべきところはそこだ。俺は都会の激しい生活に適していない。一生を文学に！　それはできぬ。やってできぬことではないが、ようするに文学者の生活などは空虚なものにすぎぬ」

啄木は真面目に田舎に行きたいと訴えた。京助は泣いてくれた。

やまひある獣《けもの》のごとき
わがこころ
ふるさとのこと聞けばおとなし

五月も月末となった。この間、釧路の小奴などから手紙が来たが、誰にも返信しなかった。ただ、岩手日報には「在京　一病客」の筆名で書いた「胃弱《いじゃく》通信」五回分を送った。このなかで盛岡は不活発、微温的、消極的な都市であると論評し、南部の名を冠した産物である南部馬や南部鉄瓶などに言及し、東北一の公園として明治三十九年に開園した岩手公園への思いなどを綴っている。

午前中、ただ一枚残っていた羽織を質に入れて七十銭を工面すると、午後、なんのあてもなく上野から田端まで汽車に乗った。ただ、汽車に乗りたかった。田端で下車すると、畑のなかの知らない道をうろついて、土の香を飽かずに吸った。

何《なに》となく汽車に乗りたく思ひしのみ
汽車を下りしに
ゆくところなし

六月一日がやってきた。これで前借りができると思った啄木は、岩本実に手紙を持たせてやって今月分の二十五円を前借りした。ただし、五円は佐藤真一に返したので手取りは二十円となった。岩本の下宿に行き、清水と二人分の下宿料十三円ばかりを払った。

岩本と浅草に行き、活動写真を見てから西洋料理を食った。岩本に一円を小遣いとして手渡し、そこで別れた。

それから一人で塔下苑へ行き、若い子供らしい女を抱いた。さらに、以前行って楽しいひとときを過ごした小奴に似た花子のところへ行って、寝た。

午後十時ごろ、下宿に帰った。手元にはもう四十銭しかない。啄木は前借りした六月分の月給を他人の下宿料として支払ったあと、その日のうちに残った金のほとんどを、ひとときの快楽のために浪費してしまった。

曠野《あらの》より帰るごとくに
帰り来《き》ぬ
東京の夜《よ》をひとりあゆみて

『ローマ字日記』は二日以降の記載がなく、その間のことは「二十日間」（床屋の二階に移るの記）という小文にまとめられている。それまで自暴自棄的で自虐的、怠惰《たいだ》な暮らしを送っていた啄木だが、家族の上京により、いやおうなしにこのような生活に幕を降ろすことになる。

姑と嫁のいさかい

啄木は髪がぼうぼうと伸び、まばらな髭も長くなり、自分でも鏡を見るのが嫌になるほどにやつれてしまった。

「肺病病み（肺結核）のようだ」

女中ははばかることなく、あからさまに言った。

啄木は下剤を使いすぎたことから身体が弱り、六月十日の朝まで三畳半の部屋に横たわっていた。岩本実がきて、啄木の好意に感謝すると言って泣いた。

この日の朝、宮崎郁雨と節子からの手紙を枕の上で読んだ。

手紙にはどちらも盛岡の消印がある。一行は六月七日に函館を発ち、郁雨、節子、京子の三人が盛岡に着いていた。母カツは父一禎がいる野辺地に立ち寄り、盛岡で落ちあうことになっているという。啄木は盛岡に親友と妻が一緒にいると知っても、はなから二人の関係を疑うことはなかった。それよりも刑の執行が近づいてきたような心境に陥って滅入った。

「ついに！」

　家族が上京してくる。啄木はすぐさま宮崎に手紙を書いた。

「君、済まぬ。先月の初めから胃腸を害しそれに不眠症で社を休んでゐた、昨今漸《ようや》くよくなつたが、まだ社に出ないでゐた所へ今朝の手紙……」

　啄木は、「とりあえず応急準備を整えるから、五日間だけ猶予をくれ。十五日に盛岡を出発するときには、君もぜひ一緒に上京してくれ」といった内容を簡潔に記した。尻に火がついた啄木は、下宿先を探した。

　幸い郁雨が送ってくれた十五円がある。どうにかこうにか、本郷弓町二丁目十八番地（十七番とも。現・文京区本郷二丁目）の新井喜之助夫妻が経営する床屋「喜之床《きのとこ》」の二階二間を借りた。溜まっていた下宿料百十九円余は、京助が保証人となり、十円ずつの月賦で返済することで折り合いをつけた。

　六月十五日の夜、啄木は蓋平館別荘を出ると、荷物だけを喜之床に置いてきた。その夜は京助の部屋に泊めてもらった。いよいよ別れが迫っている。二人は別れを惜しむ気持ちを感じあいながら眠りに落ちた。

　ちなみに、啄木の「借金メモ」は、この日ないしはこの前後に書いたともいわれている。総額千三百七十二円五十銭。現在の金額に換算すれば、千四百万円ほどになるだろう。内訳は渋民が百五十四円、盛岡が二百八十三円、北海道が四百八十三円、東京が約二百九十八円、仙台が約十八円など。主な人物では、山本千三郎が百円、堀合（節子の実家）が百円、金田一京助が百円。これらは概数とみられる。

啄木は借金の天才といわれるが、わざわざ「借金メモ」を書き残すぐらいだから、いつかは返そうという思いがあった。

翌十六日朝、啄木はまだ日が昇らないうちに、金田一京助、岩本実とともに「上野ステーション」に行き、プラットホームで汽車を待った。

汽車は一時間遅れて上野駅に着いた。啄木は宮崎郁雨、母、節子、京子の四人を出迎えると、人力車を連ねて新居へ向かった……。

これ以降、日記は明治四十三年四月までの空白期間に入る。この間の出来事は盛岡高等小学校時代の恩師にあたる新渡戸仙岳や京助、郁雨に宛てた手紙などに拠るしかない。

せっかく母カツ、妻子と一緒になりながら、家庭は崩壊しかけていた。あまりにも長いあいだ、啄木は家族を置き去りにしすぎた。

姑と嫁とのいさかいが絶えず、京子は泣きやまない。啄木はついつい小言を言う。

京子を怒鳴りつけ、浅草に行こうと表に出たが金がなく、雨の降る日比谷公園で小便して帰ったこともあった。

節子は節子でほとほとうんざりしていた。盛岡の実家に「東京はいやだ」という葉書を出しては、今すぐにでも逃げ帰りたい気持ちになった。

啄木は九月二十八日、新渡戸仙岳に候文《そうろうぶん》の手紙を出した。新渡戸は盛岡高等女学校校長などを経て、このとき岩手日報社の主筆をしていた。現代文に要約すると、次のような内容になる。

「故国ではもう紅葉が始まり、自然のイルミネーションを施すのも近いことでしょう。恋しいのは津志田の芋子《いものこ》（里芋）の味。旧桜山の社務所跡を借りて南瓜《かぼちゃ》を煮て食べた少年時代の歌会も思い出されます。

東京も数日来、白衣を着た人は目につかぬようになりました。小生も近ごろは多少元気に回復し、やるだけのことはやってみようという気になっています。ただ困ったことに、妻は上京以来ほとんど一日として元気な日がなく、医者は胃腸が悪いと言うものの、さっぱりはかばかしくないので別の医者に見せたところ、局所の肋膜炎とのこと。老婆がいるために炊事の方は心配はないのですが、薬餌のお金は足りず、子供は暴れ、どうにもなりません。

小生は二十四歳ですが、旧暦の数え年では二十五、厄年だからと母が申しています。この手紙、普通の手紙であればまだまだ話したいことはたくさんありますが、実はお願いの手紙であります。小生、ただ今佐藤北江のお世話で東朝社で働き、二十五円もらっておりますが、これではどうしても足りません。

現在は床屋の二階二間を借りており、自分でも実は感心するほど切り詰めた生活を送っていますが、それでも足りません。ことに妻の病気、もっとも日増しに良くなっており、あと二月も気長に薬用と養生をすれば治ると医者は話していますが、今のところほとんど閉口しています。以前は困れば借金するのを何とも思っていなかったのですが、近ごろそれはできるだけやめております……」

このように窮状を訴え、岩手日報に「百回通信」を連載させてほしいと申し入れた。新渡戸は便宜をはかり、啄木の願いをかなえてやった。

「百回通信」は十月五日から十一月二十一日までの二十八回、「啄木」の署名で連載される。このうち十月二十九日付（十六回）では、二十六日に満州のハルビン駅頭で暗殺された伊藤博文（初代総理大臣）の遭難について記している。

誰《た》そ我《われ》に
ピストルにても撃《う》てよかし
伊藤のごとく死にて見せなむ

二十七回と二十八回には、盛岡中学で一年生から三年生まで担任だった冨田小一郎の思い出を綴った。

初対面で顎の下の鬚が山羊に似ていると思ったこと、修学旅行で先生の面前で口真似をしたこと、宿で飯を十一杯食べて笑わせたこと、ストライキ事件で更迭《こうてつ》されたことなどを記したうえで、新式漁業に挑戦している恩師を激励している。なお、冨田は漁業経営に失敗し、その後はふたたび教職にもどり、私立盛岡商業学校（のち盛岡市立商業学校）校長、私立盛岡実践女学校長などを務める。

節子の家出で心を入れ替える

十月二日朝、啄木が出社したあと、節子はカツに、

「近所の天神様へ行ってくる」

と言い残し、京子の手を引いて出ていった。

啄木が社から帰ると、節子の書置きがあった。

「私のせいで親孝行のあなたをお母様から背かせるのが悲しい。私の愛を犠牲にして身をひきます」

との内容である。それを読むと、カツは声をあげて泣いた。

どうしていいかわからず、啄木は蓋平館別荘にいる金田一京助のもとに駆けつけると、「かかあに逃げられあんした」と泣き言を並べた。

自尊心を傷つけられた啄木はうちひしがれた。

最愛の節子に愛想を尽かされたのである。食事は喉を通らない。夜は悶々《もんもん》として眠られず、酒をあおった。虚勢をかなぐり捨て、「ふたたび帰ってくるように」と切望する手紙をしたためて出した。

十月九日、新渡戸仙岳と節子から手紙が届いた。新渡戸の封書には原稿料として七円の小切手が同封されていた。小切手を手にするのは初めてのことだった。銀行に行くのが何となく怖いような気がした。

節子からの手紙には、「病気が治ったら帰る」と書かれてあった。啄木は十日、藁にもすがる思いで新渡戸に書簡を送った。小切手を送ってくれたことに対する御礼を述べたあと、家出した節子に対する心情を吐露《とろ》した。

「もし帰らないと言ったら、私は盛岡に行って殺そうとまで思っていました。昨夕、返事が届き、病気が治ったなら帰ると言ってきました。もし長くこのままにしておかれたら、私は自分の心がどうなるかわかりません。帰ってくると決心した以上、できるなら一日も早く帰ってくれる方が、二人の生涯のためになると思います。万一にも実家の方で節子の帰りを長びかせるような事があるなら、その時こそ二人

の将来のすべてを犠牲にするだけの復讐をするつもりです」（要約）
　このような過激な内容を織りこみながら、節子に一日も早く帰るように説き伏せてほしいと懇願している。

　盛岡の実家にもどっていた節子は、宮崎郁雨に嫁ぐ妹ふき子の結婚仕度を手伝ったりしながら過ごしていた。郁雨は当初、啄木の妹光子を嫁にしたいと思っていたが、光子の強気な性格を知っていた啄木は、かつて友人の小林茂雄から申し入れがあったときと同じように、「親しい人にはあげかねる」などと言って辞退していた。そのようないきさつがあって、郁雨はそのあとに知りあったふき子を娶ることにした。この一件もあり、光子は兄と郁雨に対して複雑な感情を抱いていた。

　節子はやっと解放された気分になった。このまましばらく親元で暮らせたら、どんなにかいいだろう。ひさしぶりに東京の貧しく、ぎすぎすした生活から解放されて元気になったが、それでも東京で患った肋膜炎が全快していなかった。もう少し盛岡にいたいと心底思った。が、新渡戸から説得され、両親らがひきとめるなか、しぶしぶ帰京することにした。

　十月二十六日朝、節子は京子と共に喜之床に帰ってきた。

精神的に追い詰められていた啄木は、ぎりぎりのところで救われた。京助宛の絵葉書に「昨夜は失礼、今晩帰ってまゐりました（中略）明日から社にもでかけるつもりです」としたためた。

この「事件」を境に、啄木は生活態度を改め、身を粉《こ》にして働く。十一月末から十二月はじめにかけて東京毎日新聞に「弓町より（食ふべき詩）」を二回に分けて連載し、十一月二十五日に東京朝日新聞に夏目漱石主宰で設けられた「朝日文芸欄」の校正を担当した。さらに『スバル』十二月号に「きれぎれに心に浮んだ感じと回想」を発表するなど、評論でも新境地を拓《ひら》いた。

東京朝日新聞社が刊行する二葉亭四迷全集の校正にも携わり、多忙を極めた。

京橋《きやうばし》の滝山町《たきやまちやう》の
新聞社
灯《ひ》ともる頃のいそがしさかな

十二月二十日、野辺地にいた父一禎が上京してきた。住まいは狭かったが、ようやく五人がひとつ屋根の下で生活することができた。

もっとも、節子にはありがたくなかった。郁雨に嫁いだふき子に、翌年一月、次のような手紙を送っている。

「父が上京して一家五人、婆さんは相変わらず皮肉でいや味たっぷりよ。私は年取ってもあんな婆さんにはなるまいと思ふて居ります。父は酒を毎晩ほしがるし、仲々質屋と縁をきる事はむづかしい様ですよ」


明治四十三年（一九一〇）を迎えた。

二月、啄木は東京毎日新聞に「性急《せっかち》な思想」を発表した。

この年の日記は「明治四十三年四月より」（四月分のみ）だけである。これとは別に「明治四十四年当用日記補遺・前年（四十三）中重要記事」として、簡潔に一年間をふり返った記録がある。

四月一日夜、健康がすぐれない母を除き、啄木は父と妻子を電車に乗せて浅草まで連れていった。観音堂を訪れたのち、活動写真館のイルミネーションを眺め、電気館で活動写真を見た。結婚後、家族でこのような楽しいひとときを過ごしたのは初めてだった。

とはいえ、母カツは満足に散歩することさえできないほどに衰えていた。

父一禎もこの日を除けば、上京してから百日間のあいだで、たった一度、「若竹」に義太夫《ぎだゆう》を聞きに連れて行っただけである。

「人間が自分の時代が過ぎてまで生き残ることは、けっして幸福なことじゃない。ことにも文化の推移が激甚《げきじん》な明治の老人たちの運命は悲惨だ。親も悲惨だが子も悲惨だ。私が感じることを感じない親と、親が感じることをおかしがる子と、どちらが悲惨かはちょっとわからない」

老いてゆく両親を見ていて、そのように思った。

一日発行の文芸誌『新小説』に、先々月初めに書いた「道」が掲載された。男女の機微《きび》に関した会話などは「……」となっていた。発売禁止を恐れて神経過敏になっている編集者の判断によるものだった。啄木にとって、『スバル』以外に出たものとしては最初の小説だった。ただし、原稿料は一枚三十銭の割合で先々月にもらってあった。

四月六日午前九時半、啄木は新橋停車場へ行き、佐藤真一編集長をはじめとした世界一周会員の出発を見送った。啄木はずっと海外に憧れていた。一時はアメリカへの渡航熱に浮かされた。自分も一員として加わり、世界を見てまわりたいと思ったが、それはかなわない。

一行を見送ったあと、『中央公論』の春季附録に載っていた小説を読んでみたが、気持ちが沈んでいたせいか、つくづく文学というものが厭に思われた。

十一日夜、啄木は上野の桜を見るつもりで、母と妻子を連れて出かけたが、母は動悸《どうき》がして歩けないと言いだしたことから、途中で帰宅した。

たはむれに母を背負ひて
そのあまり軽《かろ》ろきに泣きて
三歩あゆまず

十二日、啄木は前日のうちに歌集「仕事の後」という題名で編集を終えた二百五十首を持って春陽堂に行き、同社の高崎春月に託した。

この日、啄木が宮崎郁雨に宛てた手紙には、歌集を持ちこんだ話、社で発刊する二葉亭四迷の全集刊行に携わっていることなどの近況を記している。さらに、「僕は顔色はあまりよくないということだが、頭はいつも水のごとく澄んでいる。ほとんど無限に元気がある。僕は天下のこの元気を神と頼んで死ぬまで奮戦する。近ごろは一時二時に寝る。その割合には朝も案外早い。ただときどき（一月に二度か三度ぐらい）ビールを飲みたくなる。近所の一品料理へ行って、五銭のコップを二つ飲んで来ると好い気持ちだ。（内容が違うだけで、生活の形式と性質は労働者とまったく同じだね）」（要約）

と、日々、労働者として働いていることを意識して書いた。

旭川にいた妹光子は名古屋にあるミッションスクール聖使女学院への入学が決まり、十五日に旭川を出発、十七日に東京に着いた。

ひさしぶりに啄木は両親、妻子、妹とひとつ屋根の下で過ごした。光子は二十一日夕、京助から旅費を借り、新橋駅を発っていった。これだけがんばっているのに、妹に貸してやる金もない。

「今月は駄目な月だった」そんなことを節子と語った。

友がみなわれよりえらく見ゆる日よ
花を買ひ来て
妻としたしむ

この年は、ハレー彗星《すいせい》（当時の新聞ではハリー彗星とも）が地球に接近し、五月には長い尾も肉眼で見えるようになった。東京朝日新聞にもこれに関した記事がたびたび載っていた。ちまたには彗星の尾を地球が通ることから、尾の部分に含まれた猛毒によって人類は滅びるといった奇想天外な説も流布《るふ》していた。

だが、本気で人類滅亡を信じる人は少なく、啄木もこれといった記述を残してはいない。日記（重要記事）には一月、二月、三月と同じように、五月も「無事」としか記していない。もっとも「無事」と言えるだけの余裕が少しはでき、どん底の暮らしから這いあがる道筋が見えてきた。

七月から九月初旬までは、聖使女学院で学んでいた妹光子が夏期休暇のために滞在し、六人が肩を寄せあって暮らした。

この間、七月一日と五日、長与胃腸病院に入院していた夏目漱石を見舞い、『二葉亭全集』の編集、校正についての助言を受け、資料として『ツルゲーネフ全集』第五巻を借りた。

九月十五日、社会部長の渋川柳次郎（玄耳）は「朝日歌壇」を設け、啄木を選者にしてくれた。これにより月給二十五円、夜勤十円に選者料八円が加算され、毎月四十三円の収入が見込まれるようになった。当時の二十代の青年としては高給取りである。にもかかわらず生活は楽にはならなかった。

はたらけど
はたらけど猶《なほ》わが生活《くらし》楽《らく》にならざり
ぢつと手を見る

『一握の砂』で長男を悼む

十月《じふぐわつ》の産病院《さんびやうゐん》の
しめりたる
長き廊下《らうか》のゆきかへりかな

十月四日午前二時、節子は大学病院（東京帝国大学医科大学附属病院・現在の東京大学医学部附属病院）で長男を産んだ。

まんじりともせずに廊下を行ったり来たりしていた啄木の耳に、赤ん坊の泣き声が聞こえてきた。まもなく看護婦に呼ばれ、病室に入った。

「京子のときも（痛みが少なく）軽かったが、それよりももっと軽かった」

節子は本人が一番びっくりしているような顔つきで言った。その夜に生まれた三人のなかでは一番大きかった。啄木はさっそく光子や宮崎郁雨らに無事出産を伝える手紙を出した。

啄木は大恩人である佐藤編集長の名前にあやかり、男児を真一と名づけた。

この日、啄木は処女歌集『一握の砂』の原稿を東雲堂書店に売り、二十円を手にしていた。当初『仕事の後』と題してまとめ、春陽堂に持ち込んだが契約できなかったものである。啄木は改題したうえ、土岐哀果（本名善麿）の処女歌集『ＮＡＫＩＷＡＲＡＩ』の三行ローマ字書きから刺激を受けて三行書きとし、本の体裁などもその歌集に倣《なら》った。

真一は生まれたときには丈夫そうに見えたが、実際には心臓の具合が悪く虚弱だった。二十七日夜、真一が危篤《きとく》状態に陥った。

夜勤を終えた啄木が帰宅したのは、二十八日午前零時を数分過ぎていたときだった。部屋の中は愁嘆場《しゅうたんば》になっていた。

「二分ほど前に脈が切れました」

節子が言った。かかりつけの医者が注射を打ったが、何の反応もなかった。

啄木が抱くと体温が温かく、死んだとは思われない。わずか二十四日間の短すぎる命だった。啄木は愛児を悼んで詠んだ歌八首を『一握の砂』の最後に加えた。

夜《よる》おそく
つとめ先よりかへり来て
今死にしてふ児《こ》を抱けるかな

死にし児《こ》の
胸に注射《ちうしや》の針を刺す
医者の手もとにあつまる心

かなしくも
夜明《よあ》くるまでは残りゐぬ
息きれし児《こ》の肌のぬくもり

啄木は明け方まで父一禎とお通夜をした。夜が明けると、あわただしく動かなくてはならなかった。なにしろ寺はない。一禎は僧侶だが、葬式などの習慣も故郷とは異なっている。ずいぶんとまごついたが、それでも夕方にはどうにか準備が整った。夕飯が済むと、家人だけで入棺した。

そこへ友人の丸谷喜市がやってきた。丸谷は函館出身で、啄木とは宮崎郁雨を通じて知り合い、親しくなっていた。丸谷が帰ると、原稿をもらいに雑誌記者が二人、何も知らないでやってきた。東京朝日新聞社からは弔問の人が訪れた。

まもなく並木武雄がやってきた。啄木は新聞社のほかは丸谷と並木にしか愛児の死を伝えていなかった。啄木は並木に頼んで葬儀委員長になってもらった。

十月二十九日午後、並木が位牌を持った京子を抱き、四台の人力車で出ようとしたとき、一台の人力車が大急ぎでやってきた。

与謝野寛だった。雑誌記者から聞いてびっくりし、あわてて駆けつけてきたという。節子は産後、体調をくずしており、外出は控えた。それでも喜之床の店先に立ち、目を泣き晴らしながら、葬列を見送った。

細雨のなか、五台の人力車は浅草区永住町の了源寺に向かった。

人力車は雨に濡れないようにと飴色《あめいろ》の幌《ほろ》を張っている。啄木は赤い更紗《さらさ》の風呂敷に包んだ棺を抱きながら、線香を焚《た》いていた。幌から流れた青白い煙がくねりながら、後方へと漂ってゆく。

了源寺で葬儀を営むと、与謝野は帰途に就いた。残った一行は火葬場まで行き、愛児を荼毘《だび》に付した。翌三十日 同寺の新井家（喜之床の大家）の墓地を借り、仮納骨した。『一握の砂』の稿料は、真一の診療や葬儀などに使われた。

十一月八日、野辺地の葛原対月が盛岡で死去した。享年八十五。対月は一禎の師であり、母カツの兄にあたる。

一禎は訃報《ふほう》を聞いてすぐに盛岡へ帰ったが、親族の無礼にあって憤慨し、たった一日泊まっただけで、東京へともどってきた。

十二月初旬、啄木の名を後世に残す『一握の砂』が刊行された。

本文は「我を愛する歌」「煙」「秋風のこころよさに」「忘れがたき人人」「手套《てぶくろ》を脱ぐとき」の五章から成る。「煙」は故郷と少年時代の回顧、「秋風のこころよさに」は一昨年の秋の紀念（現代表記は記念）、「忘れがたき人人」は「一」が函館より釧路まで、「二」が橘智恵子を思う歌、「手套を脱ぐ時」は右以外の歌である。

この月から啄木は本給が二十八円になった。半期末の賞与として五十四円が支給された。経済的な状況は収入の増加で好転したものの、一気に窮乏から脱するというわけにはいかなかった。

年末収入総額は、賞与、給与の前借、早稲田文学原稿料一円、夜勤手当九円（十月から三日に一夜、十二月末に辞す）、朝日歌壇手当八円など百六十五円六十五銭になった。だが、借金や下宿料の旧債に対する返済、医療費の支払いなどにより残高は一円二十一銭だけとなった。

大逆事件で思想に一大変革

この年（明治四十三年）、啄木は大逆《たいぎゃく》事件に強い衝撃を受けた。

大逆事件の発端は、五月二十五日、宮下太吉や新村忠雄らが爆発物取締罰則違反の容疑で長野県松本警察署に逮捕され、六月一日にはアナーキズム（無政府主義）

を信奉していた幸徳秋水《しゅうすい》や、幸徳と同棲していた管野スガ（筆名・須賀子）らが、明治天皇の暗殺を計画したとして逮捕されたことにある。

事件に関した記事は東京地方裁判所検事局によって差止命令が出されており、一般の人々が概要を知ることはできなかった。

啄木は数日後、社内で幸徳の逮捕を知り、愕然《がくぜん》とした。日記には「幸徳秋水等陰謀事件発覚し、予の思想に一大変革ありたり」とある。これを機に、かつて小樽で会ったことがある社会主義者の西川光次郎と旧交を温め、同主義者の藤田四郎から社会主義関係の書籍雑誌を借りて読むようになった。

宮崎郁雨宛の手紙には次のような記述がある。

「僕はどうしても僕の思想が時代より一歩進んでいるというううぬぼれを捨てることができない。もし時間さえあったら書きたいと思う著述の考案が二つある。一つは『明日』というのだ。もう一つは『第二十七議会』というのだ。これは、今の議会政治のダメな事を事実によって論評し、議会改造すなわち普通選挙を主張しようというのだ」（十二月二十一日付・要約）

「文学士金田一君の収入は月四十円である。月十円の家に住み、これという不足なく夫婦楽しく暮している。僕の秋以来の月収は歌壇夜勤の手当とも四十三円であった。中学も卒業しない僕の方が三円から五円ぐらいまで多く取っている。しかし両家の生活はまったく比べ物にならぬ。君は僕の歌集の評の中に社会主義は夢だと書いてあったが、少くとも僕の社会主義は僕にとって夢でない、必然の要求である。金田一家と僕の一家との生活を比較しただけでも、養老年金制度の必要が明白ではないか」（十二月三十日付・同）

啄木は八月下旬、評論「時代閉塞《へいそく》の現状」を書いた。本人は朝日文芸欄に掲載しようと考えていたが、社では検閲にひっかかると判断して掲載を控えた。日の目を見るのは、大正二年（一九一三）五月、『啄木遺稿』（東雲堂）が刊行されてからである。啄木は死後、優れた文芸評論家としても評価されることになる。

「時代閉塞の現状」では、「明治の青年」が置かれた自滅の状態から脱出するために時代閉塞の現状という敵に宣戦し、自然主義を捨て、全精神を「明日の考察」のために傾注しなくてはならないと説いている。

ここでいう自然主義とは十九世紀末ごろ、フランスを中心に起きた文学運動のひとつである。自然科学の影響を受け、現実をあるがままに写しとろうとの立場をとった。日本では田山花袋《かたい》や島崎藤村などが知られている。啄木は自然主義文学に対しては批判的だった。

これより少し前、啄木は大逆事件に関した「所謂今度《いわゆるこんど》の事」という評論を書いたが、その原稿が発表されるのは、昭和三十二年（一九五七）、『文学』十月号においてである。この評論では政府や警察に対する批判とも受けとれる内容を記していることから、もしも執筆直後に発表されていたなら、国家権力にはむかう危険思想の持ち主として警察に逮捕されていたかもしれない。

その危険を冒し、啄木はペンを握った。明治という時代に真正面から向き合い、そこから抜けだそうともがき、誰よりも「明日」に希望を託し、その明日を作るのは青年たちなのだと訴える。もしも長生きしていたら、啄木は評論家、ジャーナリストとしても後世に残る仕事をしたことだろう。

新しき明日《あす》の来《きた》るを信ずといふ
自分の言葉《ことば》に
嘘《うそ》はなけれど――

明治四十四年（一九一一）が明けた。啄木にとっては、まがりなりにも前年の正月同様に両親、妻子とともに迎える正月になった。

戸の面《も》には羽子《はね》突《つ》く音《おと》す。
笑ふ声す。
去年の正月《しやうぐわつ》にかへれるごとし。

何《なん》となく、
今年はよい事《こと》あるごとし。
元旦《ぐわんじつ》の朝、晴れて風無し。

人がみな
同じ方角に向いて行《ゆ》く。
それを横より見てゐる心。

一月三日、啄木は年始の挨拶のために与謝野寛・晶子夫妻、東京朝日新聞社を訪れることにしていたが、それよりも先に平出修《ひらいでしゅう》を訪れた。平出は『明星』時代からのつきあいであり、『スバル』の同人でもある。弁護士となり、大逆事件の弁護にかかわっていた。

「もし自分が裁判長だったら、管野スガ、宮下太吉、新村忠雄、古河力作の四人を死刑に、幸徳秋水、大石誠之助の二人を無期に、内山愚童を不敬罪で五年ほどに、そしてあとは無罪にする。この事件に関する自分の感想録を書いておく」

平出が言った。啄木は幸徳秋水が獄中から弁護士に送った陳弁書を借りると、四日夜から書き写し、五日に写し終えた。

「この陳弁書によれば、幸徳はけっして今度の事件のような無謀なことをする男ではない。それは平出から聞いた法廷での事実と符合している」

啄木はそのような印象を抱いた。

六日、名古屋にいる妹光子からと、智恵子から封書が届いた。啄木は智恵子に『一握の砂』を送っていたが、それに対する礼状を兼ねた賀状だった。

智恵子の姓は橘から北村に代わっていた。手紙には前年五月に農牧場に嫁いだこと（空知郡北村の北村謹と結婚）、自分のところでつくったバタ（バター）を送ったことなどが記されてあった。

「お嫁には来ましたけれど心はもとのまんまの智恵子ですから――」

啄木は筆跡を見つめながら複雑な心境になった。

この日、啄木は借りてきた書類を郵便で平出に返した。夕飯のときには父と社会主義について語った。

一月八日は休みだった。日が暮れて、丸谷喜市と並木武雄がやってきた。三人は浅草に行くと、人気の遊園地だったルナパークに入り、メリーゴーランド（回転木馬）に乗った。啄木が回転木馬に乗るのは初めてのことだった。

この日、盛岡中学時代からの友人で今は京都にいる瀬川深（京大医学部に進み、のちに浜松で開業）から、『一握の砂』に関する長い手紙が届いた。

翌九日、啄木は三時間もかけ、長文の返信をしたためた。啄木の文学観など興味深い記述もあるが、ここでは社会主義に関する部分だけを要約した。

「僕は長いあいだ自分を社会主義者と呼ぶことを躊躇《ちゅうちょ》していたが、今ではもう躊躇しない。むろん社会主義は最後の理想ではない。人間の社会的理想は無政府主義のほかにはない。僕はクロポトキン（ロシアの無政府主義者）の著書を読んでビックリしたが、これほど確実にして必要な哲学はほかにない。無政府主義はけっして暴力主義でない。今度の大逆事件は政府の圧迫の結果だ。僕が苦心して調査し、その局に当った弁護士から聞いたところによると、真に暗殺を企てたのは四人しかいない。あとの二十二人は当然、無罪にしなければならない」

一月十日、社に出勤すると、谷静湖という文学青年から、冊子（革命叢書第一篇クロポトキン著「青年に訴ふ」）が届いていた。谷は五日前、わざわざ埼玉から出てきて自宅を訪れ、その冊子を届けると約束していた。家に帰って、さっそく読んだ。胸に響くものがあった。

十一日、出社すると、シカゴの万国労働者の代表者から新聞社に送ってきたという幸徳事件の抗議書を見せられた。

シカゴでは一八八六年五月一日、労働者が八時間労働を求めてゼネストを行い、官憲から弾圧された。三年後にパリで開かれた第二インターナショナル創立大会で、この日が万国労働者団結の日と定められ、翌年（一八九〇年）からメーデーが行なわれるようになった。いわばシカゴはメーデーの起源となった都市である。

その夜、丸谷と並木がやってきた。啄木は抗議書を二人に見せてあれこれ話したうえ、「平民の中へいきたい」と語った。ロシアではナロードニキと呼ばれる社会運動家たちが「ヴ・ナロード（人民の中へ）」を合言葉に農村などで活動していた。それを知った啄木もまた、「ヴ・ナロード」を好んで口にした。

一月十二日夜、社にいた啄木に電話がかかってきた。相手は、讀賣新聞社の記者をしていた土岐善麿《ときぜんまろ》（号は哀果《あいか》。のちに東京朝日新聞社に移る）だった。

啄木は土岐のローマ字三行書きの歌集『NAKIWARAI』に倣って歌集『一握の砂』を発刊した。数日前の讀賣新聞には、土岐と啄木の活躍ぶりを示す記事が掲載されていた。執筆したのは楠山正雄だった。楠山はのちに児童文学、戯曲の翻訳家、作家として活躍する。

「今までお目にかからなかったのが不思議なくらいです」

「僕もそう思います」

二人は電話で話しただけなのに、すぐに意気投合した。翌十三日、もういちど電話で連絡をとり、啄木がその日のうちに讀賣新聞社を訪れた。土岐は啄木より一歳年上になる。啄木は初対面の土岐に会うと、自分の住まいへ連れてきた。二人は一合五勺ばかりの酒で陶然となり、ソバを食った。

讀賣新聞には、二人がともに僧家の出身で新聞記者をしていると書かれてあったが、啄木はさらに二人とも酒に弱く、痩《や》せていることでも共通していると思った。ただ、土岐は自分よりも欲が少なく、明るい人だと感じた。

おたがいに「今や歌壇に二人の時代が来ている」との思いを強くし、雑誌を創刊することで意見が一致した。誌名は、「啄木」と「哀果」が編集するということもあり、『樹木と果実』とすることでまとまった。十五日夜には、社の帰りに讀賣新聞社に寄り、土岐と二時間ばかり雑誌のことで相談した。

一月十六日朝、空知郡の智恵子が送ってくれたバターが届いた。啄木は憧れの女性が人妻になった苦い現実を味わった。

石狩《いしかり》の空知郡《そらちごほり》の
牧場《ぼくぢやう》のお嫁さんより送り来《き》し
バタかな。

仕事を終えた啄木は前日の約束どおり、浜松町にある土岐の家を訪ねた。土岐は前年十二月に新築したばかりの二階建ての家に「美しい細君《さいくん》」（日記）と暮らしていた。細君とは二年前に結婚したタカのことである。

二人は雑誌のことでいろいろと相談し、「文学における社会運動という性質のものにしよう」ということで意見が一致した。

午後十時過ぎに帰宅すると、釧路の小奴こと坪ジンから手紙が届いていた。日記には「坪仁からかなしい手紙」と記してある。小奴は前年一月二十八日、長女貞子を出産していたが、父親の逸身豊之輔が認知するのは昭和三年五月のことであり、このころは私生児として育てていた。

十七日午後、代議士の高橋光威のところで書生をしている花田百太郎という青年がやってきた。高橋は福岡日日新聞の主筆をしていたとき、大阪新報社社長の原敬から請われ、同新報社の主筆になった。原が第一次西園寺公望内閣の内務大臣に就くと秘書官を務めるなど、原の懐刀《ふところがたな》ともいうべき人物になっていた。

花田は不恰好な顔をしていたが、啄木はなんとなく真摯《しんし》な態度が気に入り、暗くなるまで気炎《きえん》を吐いた。おそらく花田は高橋を介して知った原敬についても語ったのだろう。啄木にとって、原敬は近寄ろうとして近寄れない人物の一人である。つい熱を帯びて語った。

自分よりも年若き人に、
半日も気焔《きえん》を吐《は》きて、
つかれし心！

一月十八日、この日は幸徳秋水らの特別裁判宣告の日だった。

出社していた啄木は気が高ぶっていた。午後二時半を過ぎたころ、新聞社に急報が入った。「二人だけ生きる」「あとは皆死刑だ」「ああ、二十四人」そのような声が次々と伝わってくる。

啄木の頭は沸騰し、かつてなく興奮していた。すぐに帰って寝たいと思ったが、定刻に帰宅した。母カツに特別裁判の話をしたら、涙を浮かべていた。

「日本はダメだ！」

そんなことを漠然と考えながら、丸谷を訪ねて午後十時ごろまで語りあった。

ある新聞の夕刊には、幸徳秋水が法廷で微笑したことをとりあげ、その顔を「悪魔の顔」と表現していた。十九日朝、啄木は枕の上で国民新聞を読んでいるうちに涙があふれてきた。

「ちくしょう、ダメだ！」

悔しくて、情けない気持ちになった。その夜、大命により、二十四人の死刑囚のうち十二人が無期懲役になった。

二十二日、啄木は『樹木と果実』の援助（広告）をしてもらうために、平出修に長文の手紙をしたためた。特別裁判に対する憤り、雑誌の財源に関する説明などに続いて、雑誌を出す目的について次のように記している。

「今の時代がいかなる時代であるかは、僕よりもあなたの方がよくご存知です。この前途を閉塞されたような時代において、その時代の青年がどういう状態にあるかも、むろんよくご存知のはずです。そうしてこの時代が、しかしながら遠からざる未来において必ずある進展を見なければならぬということについても、あなたはよく知ってくださる人と信じます。

僕は長い間、一院主義、普通選挙主義、国際平和主義の雑誌を出したいと空想していました。時代進展の思想を今後我々があるいは他の人が唱える時、それをすぐ受け入れることの出来るような青年を、百人でも二百人でも養っておく。これが雑

誌の目的です」(要約)

啄木は、発売を禁じられない程度、文学という名に背かぬ程度を保ちながら、現在の青年の境遇と国民生活に関する問題意識を高めていきたいと考えていた。財力はないので、最初は三百五十人の読者で維持することを想定していた。儲かることはないが、発行し続けることに意味があるように思われた。

のちに大島経男に宛てた手紙には、「二年か三年の後には政治雑誌にして何らかの実行運動――普通選挙、婦人開放、ローマ字普及、労働組合――も始めたいと思っています」(要約)と記している。

一月二十四日、梅の鉢に花が咲いた。赤い八重である。啄木は香りを嗅いだ。出社した啄木は、「今朝から死刑をやっている」と聞いた。この日、幸徳秋水ら十一人の死刑が執行された(管野スガだけは翌二十五日)。

「ああ、なんて早いことだろう」

そう皆で語りあった。夜、啄木は後々のために「日本無政府主義者陰謀事件経過及び付帯現象」をまとめた。

日本の社会が閉塞状態にあるなか、啄木は金銭目当てではなく、真に明日の時代を築く青年のために役立ちたいと願っていた。

すべてはこれから始まる。今、なすべきことを知り、これからの進むべき道がようやく、はっきりと見えてきた。

病魔に襲われ、生活が暗転する

社会主義に関心を持ち、新しき明日が来るのを信じ、『樹木と果実』の創刊に意欲を燃やしていた啄木だが……。

一月二十日過ぎから腹が張るのが気になった。仕事をしていても苦しい。たまらず二月一日、大学病院（東京帝国大学附属病院）の三浦内科で診てもらった。

このときの医者とのやりとりを日記に記しているが、宮崎郁雨宛の手紙には会話文で説明している。そのシーンを再現してみた。

青柳という医者ははちきれそうになった啄木の腹を一目見るなり、

「ああ、いけない、いけない。こりゃあ、いけません」

と言った。ベッドに仰向けになった啄木の腹を叩いたり、押したりしたのち、ベッドから離れて窓際の椅子に座った。

「すぐ入院しなくてはいけません。遅れてはいけません……」

「痛くないいんだから、仕事をしながら治療するというわけにはいきませんか?」

「そんなノンキなことを言っていたら、あなたの生命はたった一年です」

「腹膜炎ですか？」

「そうです。慢性ですから、痛みがないのです。なにしろ一日も早く入院するほかに道はありません。毎晩夢を見るでしょう？　そうでしょう、内臓がひじょうに圧迫されているから。こうして十日も経つと、飯も食えないほどふくらんできます。そして余病を併発します」

「どうも、だいぶおどかされますね」

「おどかしじゃありません。あなたは病気を軽蔑しているらしいが、腹膜炎は腹に起こるか、胸に起こるかだけの違いであり、肋膜炎と同じようなものです」

「入院したら何か月かかるでしょうか？」

「冗談じゃありません。とても何か月などと言うことはできません。すっかり治るには、五年間ですな。五年間は医者の言った通りにしていないと再発します」

「しかし五年間入院しているんじゃないでしょう。社の方へ届けておく必要もあるんですが、何か月と言ったらいいでしょう？」

「とてもはっきり言えないが、それじゃまぁ、三か月と言ったらいいでしょう」

啄木は腹が膨れただけであり、医者は大げさなことを言うと思いながらも、「一年だけの生命」ということが妙に心にひっかかった。

そんならば生命《いのち》が欲しくないのかと、
医者に言はれて、
だまりし心！

二月三日、詩人の若山牧水《ぼくすい》が初めて喜之床を訪ねてきた。啄木は「一種シニックな心」でもって時世観を話した。牧水はさびた声で、「今は実際、みンなお先真っ暗でござんすよ」（日記のまま）と、癖のある言いまわしで二度くり返した。

翌四日午後二時半、啄木は大学病院の青山内科十八号に入院し、この日から赤いインクで日記をつけた。同室には二十三歳と十七歳の男がいた。二人とも「ヘッポコ医者の誤診のために病気が悪化した」と話していた。

午後は節子が京子を連れてやってきた。啄木は缶詰や菓子を買わせた。新聞は毎日、節子が持ってくることにした。

病院に来て、
妻や子をいつくしむ
まことの我《われ》にかへりけるかな。

まくら辺《べ》に子を坐《すわ》らせて、
まじまじとその顔を見れば、
　逃げてゆきしかな。

隣室には十七歳ぐらいの、目の見えない少年が入院していた。終日ベッドの上に起き直って、何か口の中で祈りながら、一生懸命手を合わせて拝んでいる。啄木は不思議な少年だと思って、看護婦に聞くと、脳に癌ができており、目が見えるようにと祈っているのだと教えてくれた。

話しかけて返事のなきに
よく見れば、
泣いてゐたりき、隣りの患者《くわんじや》。

二月六日に体重を量ると十一貫六百二十四匁余（約四三・六キロ）だった。七日、京子が看護婦と遊んでいるうちに回診の時間となり、手術が行われた。下腹に穴をあけ、ゴムの管を伝わってウィスキーの色を思わせる濃黄色の液体（水）を一升五合もとった。

啄木は空腹に襲われたような気がして、そのことで冗談を言ったが、そのまま気が遠くなった。貧血のため、手術は途中で中止になった。

目さませば、からだ痛くて
動かれず。
泣きたくなりて、夜明《よあ》くるを待つ。

その後、退屈な闘病生活が続いた。二月十四日には、かつて『小天地』に長詩を寄稿したこともある歌人の小田島孤舟（当時は佐々木孤舟。本名・理平治）や新渡戸仙岳らに手紙を書いた。

翌十五日には余病がないということで、新室の第五号室に移った。その部屋は明るくてきれいだったが、今までの病室（結核室）らしい静けさはなかった。広い部屋に十二人の患者がいた。

二月十八日、医者が診察し、「もう手術はしなくてもよかろう」と言われた。

二十日、遠野出身で民話研究家の佐々木喜善《きぜん》から「病気のことを故郷の新聞で見て驚いた」という見舞状が届いた。佐々木は柳田国男の『遠野物語』に寄与した人物であり、民話研究家として知られる。

啄木は入院中も同室の患者と社会主義の話をしたり、土岐善麿が貸してくれたクロポトキンの自伝を読んだりしていたが、二十五日夜に発熱し、ほとんど眠られなくなった。翌日には終日四十度を下回ることはなかった。夜は氷嚢《ひょうのう》がなくては眠ることができなくなった。

三月四日朝、少し気分が良くなったが、夕方からまた悪くなった。五日の日曜日も熱が下がらない。啄木は窓を壊して、逃げだしたいと思った。

六日、午前中は気分が悪かったが、午後になってから急に熱が下がった。土岐善麿がやってきて、入院以来、初めて腹で笑った。

午後四時ごろ、肋膜の水をとることになった。ところが、肋膜が堅くなっているせいなのか、穿刺《せんし》を突いてもどうしても刺さらない。やっと穴があいたと思ったら、機械が少し壊れて空気が入るという理由により途中で中止になった。

新しきからだを欲しと思ひけり、
　手術の傷の
痕《あと》を撫《な》でつつ。

三月十日、宮崎郁雨から二十円、小田島孤舟から見舞金三円が届いた。十一日には、三日に見舞いにやってきていた佐藤真一編集長がふたたび訪れ、新聞社の皆からの見舞金として八十円もの大金を持ってきた。

十二日、医者が初めて、少しぐらいは物を書いてもいいと言ってくれた。

啄木は起き直って朝日歌壇の原稿を三日分清書しただけで、すっかり疲れてしまった。二週間にわたる熱は体内の元気を燃やし尽くしてしまった、と感じた。

十三日には、夏目漱石の『吾輩は猫である』を読んで暇をつぶした。

啄木は医者に早く退院させてくれと言っていたが、そのたびに「もうすこし我慢したまえ」となだめられていた。病状はけっして良くはなかったが、思いがけなく、三月十五日になって退院の許可がおりた。

あたらしきサラドの色の
　うれしさに、
箸《はし》とりあげて見は見つれども――

（注）サラドはサラダのこと。

退院したあとも発熱が続いた。それでも三月二十七日に丸谷喜市、土岐善麿と牛飯を食い、三十日には丸谷と満開の桜を眺めながら散歩し、青木堂でココアを飲んだ。夕方には椿の花を買って帰った。

四月二日、新聞を開くと、飛行機の話が出ていた。日本では前年（明治四十三年）十二月十九日、陸軍の徳川好敏《よしとし》大尉と日野熊蔵大尉が、それぞれに違う飛行機に乗り、代々木練兵場において初飛行に成功していた。啄木は飛行機に関した記事をめざとく見つけると、食い入るように読んだ。

その日の午後、函館時代からの友人である並木武雄と人力車に乗り、上野公園に花見にでかけた。花は咲いていたが、啄木の目にはなんとなく寂しい色に見えた。二人は牛鍋をつついてから、待たせてあった人力車で帰った。

土岐善麿と創刊準備を進めていた雑誌『樹木と果実』は、京橋桶町にある三正舎という印刷所に頼んでいたが、営業不振で職工が働かず、印刷代の前金だけを取っただけで一向に雑誌が出てこなかった。その対応をめぐって土岐と何度と話しあったが、十八日に至り、ついに発刊をとりやめることにした。

病気のせいか、家にいると不機嫌になり、癇癪《かんしゃく》を起こすことが多くなった。

子を叱《しか》る、あはれ、この心よ。
熱高き日の癖《くせ》とのみ
妻よ、思ふな。

四月二十一日夜、節子の祖母（加藤キン）死去の通知が届いた。翌日、前夜に羽織を質入して得ていた五円のうち二円を香典として盛岡の加藤家へ送った。

節子は盛岡に帰りたがっていたが、今の状況では帰ることなどできなかった。二十七日夜、節子がチューリップとフリージア（日記はフレヂア）を買ってきた。

起きてみて、
また直《す》ぐ寝たくなる時の
力なき眼《め》に愛《め》でしチユリップ！

発熱が続くなか、啄木は平民新聞に載ったトルストイの『日露戦争論』を写したり、クロポトキン（変名はボロオギン）の自伝を読んだりした。

ボロオヂンといふ露西亜《ろしあ》名が、
何故《なぜ》ともなく、
幾度も思ひ出さるる日なり。

やや遠きものに思ひし
テロリストの悲しき心も——
近づく日のあり。

五月二日には『日露戦争論』を写し終えた。啄木が病気に罹ってから初めて完成した仕事らしい仕事だった。
翌三日、父一禎がささいなことで怒って母カツを殴った。啄木は何年ぶりかに一禎が怒るのを見た。悲しくてたまらなくなった。

かなしきは我《わ》が父！
今日《けふ》も新聞を読みあきて、
庭に小蟻《こあり》と遊べり。

十日午後、病院で診察を受けると、「肋膜炎の痕はまだ治らないが肺は安全だ、神経衰弱に罹っている」と言われた。医者は新しい水薬の処方と、さらに一か月間静養を要するとの診断書を書いてくれた。
節子も体調は良くなかった。五月下旬からは腹痛がすると言って、寝ていた。

三十日、盛岡の堀合家から手紙が届いた。忠操が函館の樺太建網漁業水産組合連合会主事として働くことになったことから、一家で函館に移住するという内容だった。忠操は明治三十九年から岩手郡玉山村（現・盛岡市玉山区）村長を一期勤めて辞職したあと、単身で函館に移り、青柳町の叔父宅に住んでいた。

妻との不和から堀合家と絶縁

実家から手紙が届いてからというもの、節子の様子がおかしかった。

六月一日、啄木は節子を社へやり、月給を前借りさせた。

「その帰り、電車の中で、おしげさんと一緒になり、ちょっと寄ってきた」

節子は啄木に言った。おしげとは、盛岡女学校で節子より六年先輩の関しげのことである。しげは近所に住んでいた。三日夜、節子は質屋の利子を払うと言って出ていったが、すぐに帰ってきた。

「出がけに、たか（妹の孝子）から手紙が来て、（盛岡に）帰れって言ってきたが、どうしましょうか」

節子は同封されていたという五円紙幣を見せた。疑心暗鬼になっていた啄木は、かつて節子が家出したときのことを思い出した。

「手紙を見せろ」と言うと「なくした」と答える。啄木は手紙は嘘だと勘ぐった。節子は病気の自分を捨てて逃げるつもりではないのか。

「帰るなら、京（京子）を連れずに一人で帰れ！」

四日朝にも押し問答が続いた。

「私を信じて……」

節子は京子と一緒に盛岡に帰らせてほしいと懇願した。

「だめだ。連れてゆくな。どうしてもゆくというのなら、母親の権利を捨てて、一生帰らぬつもりで行け！」

啄木は意固地になり、声を荒らげた。

節子は困り果て、「手紙は嘘で、金は知人から借りた。盛岡に行き、家を売り払った金のうちから少し借りて、引っ越しをしようと思った」と白状した。

啄木は節子の計略を知って逆上し、離縁を申し渡した。しかし、節子は出てゆかなかった。啄木はその夜のうちに金を返させた。

悪いことは重なる。六月五日、孝子から節子に「アイタシスグコイヘンマツ」と記された電報が届き、二人のあいだで言い争いが再燃した。

憤慨した啄木は孝子を問い詰める手紙を出した。六日にも同様の電報のあと、五円の電報為替が届いた。啄木は実家もぐるになっていると読んだ。節子に返電を禁じたうえ、真砂町局で小為替に組み替えさせた。郵便局に行く前、啄木は悪態をついて節子を責めた。

節子は「気が狂いそうだ」と泣きわめいた。啄木は「もしも自分の妻に親権を行なおうとするなら離婚する」とまで書いた手紙に小為替を封入し、孝子へ送った。この一件で啄木は堀合家との絶縁を決めた。

解けがたき
不和《ふわ》のあひだに身を処《しよ》して、
ひとりかなしく今日《けふ》も怒《いか》れり。

ひとところ、畳を見つめてありし間の
その思ひを、
妻よ、語れといふか。

放たれし女のごとく、
わが妻の振舞ふ日なり。
ダリアを見入る。

七月に入り、啄木はひどい発熱に苦しみ、氷嚢によって命をつないだ。食欲はまったくなかった。十四日、節子も健康を害し、咳をするようになった。血色が悪い。近所の医師に診てもらうと、気管及び胃腸が悪いという。

氷嚢《ひようなう》の下《した》より
まなこ光らせて、
寝られぬ夜は人をにくめる。

十八日朝、名古屋にいた妹光子がやってきたが、正午にはあわだしく北海道へ向けて出かけていった。

二十七日、節子の容態が悪化し、大学病院の外来（三浦内科）に診てもらった。翌二十八日、大学病院の青山内科の診察を受けると、肺尖カタル（肺結核の初期病変）と伝染の危険が認められるとのことだった。

八月一日、節子は病をおして社に行き、前借りしてきた。

二日、宮崎郁雨から電報為替四十円が届いた。このころ、節子は寝たり起きたりの状態で、病弱の母が節子に代わって炊事をした。老体とあって、二階の上り下りが難儀だった。啄木は気の毒だと思ったが、どうしようもなかった。京子はときおり、窓辺に座り、通りを見下ろしている。

お菓子《くわし》貰《もら》ふ時も忘れて、
二階より、
町の往来《ゆきき》を眺むる子かな。

五日、節子は小石川久堅町（現・文京区小石川五丁目）七四番地四六号の借家を見つけてきた。床屋を営む新井家では、二階に病人ばかりいたのでは家業にさしつかえると考え、出てゆくようにうながしていたが、申し訳ないと思ってか先月分と今月分の家賃をまけてくれた。

なお、啄木一家が暮らした喜之床の建物は昭和五十四年（一九七九）、愛知県犬山市の「博物館　明治村」に移転、復元されている。

八月七日、一家は借家に移った。引っ越しには、長姉の田村サダ（明治三十九年二月、肺結核で死去）の娘イネが手伝ってくれた。借家とはいえ門があり、玄関三畳、八畳、六畳の部屋に台所、庭まであった。

十日には光子が旭川からやってきて炊事をしてくれた。十一日、夏目漱石と夫人鏡子《きょうこ》の名で見舞金七円が届けられた。十六日、新しい住まいに電灯がついたが、啄木の前途に光は見えない。

二十六日、啄木は、「親愛なる少尉宮崎君」の書き出しによる長文の手紙を、陸軍の砲兵部隊にいる郁雨に送った。郁雨は予備役として旭川の南方三十キロほどにある美瑛《びえい》村（現・上川郡美瑛町）の野外演習場で砲撃訓練をしていた。

啄木は郁雨が送ってくれた砲兵陣地の絵葉書を見て、中学二、三年ごろに盛岡付近で演習が行なわれた祭、授業をさぼってまで何里もの道を歩いていって見物したことを思い出し、そのことを手紙に記した。

軍人になると言ひ出して、
父母《ちちはは》に
苦労させたる昔の我かな。

うつとりとなりて、
剣《けん》をさげ、馬にのれる己《おの》が姿を
胸に描ける。

「軍人志願だった僕！　発火演習に小隊長になるのが何よりの楽しみだった僕！」

と、啄木は昔を懐かしんだうえで、一家の窮乏を訴えた。

三十日朝、食事をしていると、配達夫が差出人の名前を言わずに為替を持参し、その場で金を払ってくれた。これまで見たこともないスタンプが押されていた。あとで光子から聞いて、旭川で陸軍の教育演習をしている宮崎郁雨が軍隊の俸給を届けてくれたことがわかった。

啄木は翌日、感謝の手紙を書いて出した。

買ひおきし
薬つきたる朝に来《き》し
友のなさけの為替《かはせ》のかなしさ。

宮崎郁雨とも縁を切る

石川家で元気なのは、京子一人だけである。京子は毎日、隣近所へ遊びに行っては喧嘩していた。いじめられると、町中に聞こえるような大声で泣いているのが手にとるようにわかる。

それでも、帰宅した京子に、「今日も泣いたナ」と声をかけると、「泣かない」と強情を張った。ちなみに、母カツと妹光子は勝ち気な性格で、節子も人前でめそめそ泣くような女ではなかった。啄木は気の強い女たちにかこまれていた。

猫の耳を引つぱりてみて、
にやと啼《な》けば、
びつくりして喜ぶ子供の顔《かほ》かな。

猫を飼はば、
その猫がまた争《あらそ》ひの種となるらむ、
かなしきわが家。

九月二日、隣家の妻が目の色を変えてやってきて、京子が悪さをしたと文句をつけた。啄木は京子を叱り、夕食は皆が終わるまで待ちなさいと命じた。ところが、父一禎は勝手に京子に食事させようとした。啄木はカッとなり、ご飯茶碗を投げて立った。午後八時ごろ、一人で家を出て、ソバを食い、ビールを飲んで帰った。これが啄木にとって、最後の飲酒となる。

その親にも、
　親の親にも似るなかれ――
かく汝《な》が父は思へるぞ、子よ。

かなしきは、
（われもしかりき）
叱れども、打てども泣かぬ児《こ》の心なる。

「労働者」「革命」などいふ言葉を
　聞きおぼえたる
　五歳の子かな。

五歳になる子に、何故《なぜ》ともなく、
ソニヤといふ露西亜名《ろしあな》をつけて、
　呼びてはよろこぶ。

九月三日、光子は教会に行き、節子も母カツも寝ていた。

午前十時ごろ、土岐善麿がやってきて、正午少し前に帰っていった。

啄木がふと父の姿を探すと、どこにも見えない。待っても帰らない。念のために調べると、単二枚、袷二枚の和服、帽子、煙草入れだけでなく、光子の金一円五十銭、家計の方の金五十銭が不足していた。そのほかにもいくらか持っていったかもしれない。

「とうとう、家出したか……」

啄木はこのような境遇ではしかたないと思った。

一禎は六十一歳、いくら家庭が悲惨な状況にあり、自分はいない方がいいと判断したとしても、書置きも残さないまま、三歳年上の妻、息子夫婦、孫を置いて、一人だけ東京を去っていったのは、やはり身勝手と言うしかない。一禎は北海道鉄道管理局手宮駅（小樽市）駅長をしている山本千三郎のもとへ向かった。

啄木にとって、宮崎郁雨は函館で知りあって以来の親友であるとともに、節子の妹ふき子と結婚していることから義兄弟の関係にあった。これまで幾度となく資金的な援助もしてもらっている。

九月十日ごろ、その郁雨が滞在先の美瑛《びえい》村から出した手紙が配達されてきた。節子宛になっているが、節子は薬をとりに出かけており、留守だった。

光子は「恋文ではないか」と言った。啄木の胸に、節子に対する疑心暗鬼の思いがよみがえり、封を切った。

手紙を読んだ啄木はみるみる憤怒《ふんぬ》の形相になった。手紙には貧苦と病苦に悩む節子への思いが書かれてあった。「あなた一人だけで撮った写真があったら、送ってください」という一文を読んで、目の前が真っ暗になった。

光子もそれを読んで眉をしかめると、節子に対する愛情表現にちがいないと言って、啄木の心をさらに乱れさせた。

そういえば、二人は函館でいつでも会える間柄だった。盛岡に立ち寄ったときも一緒だった。これまで考えたことのなかった妻と親友の関係がとたんに怪しく感じられた。病魔に苦しんでいるせいか、悪いことばかり想像してしまう。

もどってきた節子をつかまえて問いつめたが、節子はまったく身に覚えがないと言って、馬鹿馬鹿しいといった態度をとった。

啄木は納得せず、執拗《しつよう》に弁解を求めた。節子は髪を切り、「けっしてそんなことはない」と誓ったことから、啄木は不問に付して家におくことにした（伊東圭一郎『人間啄木』による）。

啄木はこの「不愉快《ふゆかい》な事件」（後日、光子に宛てた手紙の記述）で、郁雨との縁を切ることを節子に宣言した。

婦人伝道師としての道を歩む光子は九月十三日、旭川へ帰っていった。

　クリストを人なりといへば、
　妹の眼がかなしくも、
　われをあはれむ。

啄木は光子に「渋民に帰って死にたい」ともらしたという。

　今日《けふ》もまた胸に痛みあり。
　死ぬならば、
　ふるさとに行《ゆ》きて死なむと思ふ。

この不愉快な事件は後年、思わぬ波紋を呼ぶ。
というのも、啄木が死んでから有名になったあと、光子は郁雨と節子とのあいだに不貞があったと発表するのである。
郁雨自身は問題となった手紙は匿名で書いたものでもなく、啄木からもそのことで手紙を受けとったこともないとして、節子との不貞説を否定している。

これに関連し、啄木の友人だった丸谷喜市は、九月中旬、二度目に久堅町の家を訪れたとき、封筒の裏に「美瑛の野より」と書かれた手紙を見せられたという。節子が懐にしていたものを詰問すると、「宮崎さんが私と一緒に死にたいなど……」と言ってとりだしたもので、啄木は「この事について僕が問いただすと、節子はとかく嘘を言うので腹が立つ」とも語った。

丸谷が宮崎にこのことをたしなめる手紙を出すと、「プラトニックな関係である」旨の電報と手紙が届き、そのことを啄木に報告したという。

ちなみに、啄木の日記は九月四日から十月二十日までの記述がなく、丸谷の訪問が記されているのは十月二十九日になってからである。この回想は丸谷が亡くなる五年前、八十一歳のとき、大阪啄木会誌・季刊『あしあと』（昭和四十四年四月）に発表されたものであり、信憑《しんぴょう》のほどはわからない。

郁雨と縁を切るというのは、いわば自らの命綱を断ち切るようなものだった。病苦だけでなく、生活苦が一家に重くのしかかってきた。

それまでただ一人元気だった京子が九月十四日になって、ひどい熱を出した。医者を呼び、啄木は夜明けまで眠らずに氷嚢をとりかえてやった。風邪が原因の肺炎だった。それからというもの、啄木も節子も一進一退の病状をくり返しながら、苦悶の日々を送った。

啄木は「女に読ませる週刊新聞を出したい!」と空想したり、クロポトキンの『ロシアの恐怖』を写したりしながら過ごした。

毎日、金持ちになったときの夢を見て暮らすようになった。小村寿太郎前外相が重篤という号外が出ると、自分と同じ病気と知って、気分が悪くなった。十一月二十六日、その小村が遂に死すとの号外が出た。

相変わらず節子は社に行って給与を前借りした。友人などからの借金生活は当たり前のようになっている。十二月二十六日には、やはり節子が賞与二十円、前借二十七円を受けとってきたが、大晦日の残金は一円十三銭五厘に過ぎなかった。

この年、啄木は第二詩集『呼子と口笛』の詩稿ノートをつくっている(ノートは第三稿まであり、一般的には第三稿が『呼子と口笛』と呼ばれる)。

掲載された詩は「はてしなき議論の後」「ココアのひと匙」「激論」「書斎の午後」「墓碑銘」「古びたる鞄をあけて」「家」「飛行機」の八篇である。なかでも「家」はどん底状態にある啄木の思いが伝わってきて、胸を締めつける。原文は横書きだが、縦書きで掲載しておく。漢字は新字体とし、一部の表記を現代表記に変えた。原文にはルビはないが、読みが難しいと思われるものにはルビを振った。

家

今朝も、ふと、目のさめしとき、
わが家と呼ぶべき家の欲しくなりて、
顔洗ふ間もそのことをそこはかとなく思ひしが、
つとめ先より一日の仕事を了へて帰り来く、
夕餉《ゆうげ》の後の茶を啜り、煙草をのめば、
むらさきの煙の味のなつかしさ、
はかなくもまたそのことのひょっと心に浮び来る——
はかなくもまたかなしくも。

場所は、鉄道に遠からぬ、
心おきなき故郷の村のはずれに選びてむ。
西洋風の木造のさっぱりとしたひと構へ、
高からずとも、さてはまた何の飾りのなくとても、
広き階段とバルコンと明るき書斎…

げになり、すわり心地のよき椅子も。

この幾年に幾度も思ひしはこの家のこと、
思ひし毎に少しづつ変へし間取りのさまなどを
心のうちに描きつつ、
ラムプの笠の真白きにそれとなく眼をあつむれば、
その家に住むたのしさのまざまざ見ゆる心地して、
泣く児に添乳する妻のひと間の隅のあちら向き、
そを幸ひと口もとにはかなき笑みものぼり来る。

さて、その庭は広くして、草の繁るにまかせてむ。
夏ともなれば、夏の雨、おのがじしなる草の葉に
音立てて降るこころよさ。
またその隅にひともとの大樹を植えて、
白塗の木の腰掛を根に置かむ——
雨降らぬ日は其処に出て、
かの煙濃く、かをりよき埃及《エジプト》煙草ふかしつつ、

四五日おきに送り来る丸善よりの新刊の
本の頁《ページ》を切りかけて、
食事の知らせあるまでをうつらうつらと過ごすべく、
また、ことごとにつぶらなる眼を見ひらきて聞きほるる
村の子供を集めては、いろいろの話聞かすべく…

はかなくも、またかなしくも、
いつとしもなく若き日にわかれ来りて、
月月のくらしのことに疲れゆく、
都市居住者のいそがしき心に一度浮びては、
はかなくも、またかなしくも、
なつかしくして、何時までも棄つるに惜しきこの思ひ、
そのかずかずの満たされぬ望みと共に、
はじめより空しきことと知りながら、
なほ、若き日に人知れず恋せしときの眼付して、
妻にも告げず、真白なるラムプの笠を見つめつつ、
ひとりひそかに、熱心に、心のうちに思ひつづくる。

短くも波乱に富んだ生涯を閉じる

明治四十五年（一九一二）が明けた。

啄木は宮崎郁雨という大きな後ろ盾を失って苦しかったが、東京朝日新聞社では休職中も給料を支払ってくれた。熱が出ると、解熱・鎮痛薬のピラミドン（アミノピリン）を飲む日が続いた。

一月五日夕、土岐善麿が門司から送ってきたという大きなザボンを土産に持ってきてくれたこともあり、節子は鶏肉の入った雑煮《けずに》をこしらえてくれた。

だが、七日には節子も容態が悪化し、髪も梳《けず》らず、寝巻きを不恰好に着て、激しい咳をする。啄木が声をかけてもつっけんどんな返事に終始する。啄木は寒い風の吹くなか、咳の薬と浅田飴を買ってきたが、せつなくてしょうがなかった。

九日、啄木はひと月ぶりに風呂に行った。札を二枚買い、三助に背中を流してもらったが、ひどい垢だった。

熱い湯に浸かって湯船の縁に後頭部をのせ、静かに深呼吸していると、なんだか自分の身体に病気があるというのが嘘のような気がした。

十一日夜、豆銀糖《まめぎんとう》を口にすると、とたんに盛岡の冬に売りにくる蒸しホッキをむしょうに食べたくなった。その豆銀糖は、許婚《いいなずけ》のいる一関（岩手県）から帰ってきた丸谷喜市がお土産に持ってきてくれたものだった。

その後、啄木、節子だけでなく、中旬からは母カツまでひどい咳をするようになった。カツの場合、痰と一緒に血まで吐くようになった。すぐに医者に見せたくても金がない。京子も少し熱がある。啄木の薬も尽きている。

「私の家は病人の家だ。どれもこれも不愉快な顔をした病人の家だ」

啄木はついつい節子に悪態をついてしまう。

悪いことは重なる。函館にいる堀合家から、「赳夫（節子の弟）が学校の不成績に失望し、父が預かっていた漁業組合の金五十円を持ちだして逃げたから、もしそっちへ行ったらよろしく」という旨の手紙が届いた。

母カツの吐血はとまらない。それでも、なんとか友人の見舞金でもって薬を購入した。佐藤真一からは、築地の海軍大学構内にある市立施療院に入らないか、入るとすれば社員が手続きをしてくれるとの手紙が配達されてきた。

啄木はうれしかった。今すぐにでも入院したかったが、母の病状が悪いので少し待ってほしいという返事を出した。

一月二十二日、夏目漱石の妻鏡子《きょうこ》からも、森田草平（漱石の門下生）を通じて見舞金と征露丸（のちの「正露丸」）が届けられた。

啄木は夏目漱石が二年前に入院していたときに見舞ったことがあるが、これまで夫人に会ったことはない。ありがたいと思った。

流行作家の漱石は、東京朝日新聞社の専属として小説を連載しており、月給二百円に加え賞与をもらっていた。啄木にとっては雲の上のような存在である。漱石は森鷗外らとともに、啄木の文才を認めていた一人である。

二十三日、喀血《かっけつ》が続く母カツを近所の医者に診てもらうと、肺結核で左の肺はほとんど用をなしていないと告げられた。別の医師は「老体のうえ病気が重いので、この冬の寒さを乗りきることはできないだろう」と宣告した。

「そうか、もとはといえば、母のせいだったのか……」

啄木は「家を包んでいる不幸の原因」がわかり、「母をなるべく長く生かしたいという希望と、長く生きられては困るという心とが、同時に働いている」ことに葛藤した。カツは大小便も便器にとり、夜は湯たんぽを入れて寝るようにさせた。使用した食器は煮沸《しゃふつ》し、痰は容器にとった。

カツは啄木に、幼いときによく父と一緒にどこかへ行ったり、盛岡の仙北町の長松寺（カツの生家の菩提寺）の庭でお菓子や米がどっさり落ちているのを拾って食べていた夢を見た、と話した。

二十九日、佐藤真一は社員が出しあったという見舞金三十四円四十銭と、新年宴会酒肴料三円を持ってきてくれた。啄木はまわりの善意で生きていた。
三十日、節子は京子を連れて本郷まで買物に行き、こしらえ直す啄木の着物を質屋から出してきた。京子は玩具や前掛を買ってもらって喜んでいた。

遊びに出て子供かへらず、
取り出して
走らせて見る玩具《おもちや》の機関車《きくわんしや》。

何思ひけむ――
玩具《おもちや》をすてておとなしく、
わが側《そば》に来て子の坐《すわ》りたる。

啄木はこの日、冒険するような気持ちで人力車に乗って神楽坂の相馬屋まで原稿用紙を買いに出かけた。帰りに本屋でクロポトキンの『ロシア文学』を二円五十銭で買い求めた。いつも金のない日を送っている者がたまに金を得て、なるべくそれを使うまいとする心、それを裏切る心が悲しいと思った。
これが啄木にとって、最後の外出となった。

二月五日、二、三日前の盛岡の新聞に、行方をくらましていた堀合赳夫のことが記事になっていた。赳夫は五十円を懐に入れて津軽海峡を渡ると、青森で贅沢な買物をして盛岡に乗りこみ、宿屋に泊まって女郎買いをしたり、旧友と牛肉店を荒らしまわったあげく、月末になっても宿料を払うこともできなくなり、自殺するという書置きをしてぶらついているところを巡査に捕まった、という内容だった。節子は弟の悪事を知って、泣いた。

六日、啄木は熱を出し、ピラミドンを服用した。

日が暮れてから、小樽にいる姉夫婦（山本千三郎と次姉トラ）から冷淡極まる見舞状が配達された。これより前、啄木は必死に助けを求める手紙を送っていた。居候している一禎は、啄木一家の窮乏ぶりを知っていたはずだが、姉夫婦には詳しく説明していなかったらしい。姉夫婦は金の無心をするためにおおげさに書いたと思ったらしく、母が肺患だということも信じていないようだった。

「ちきしょう……」

啄木はこれまでないほど、姉夫婦の態度に対して怒りを覚えた。

このとき山本千三郎は小樽の手宮駅駅長をしていたが、翌三月には室蘭運輸事務所長心得となり、室蘭に転勤する。

二月七日、啄木はカツに本当の病名を告げた。カツはさほど驚きもせず、「十四のとき、労性《ろうせい》（肺病）を病んだのだもの」と言った。

啄木は八日に日記をつけたあと、毎日熱に苦しめられ、薬を飲んでも汗が出て、ひどく疲れるため、ペンを持つこともできなかった。

ようやく誕生日の二十日になって日記をつけた。金はカツや啄木の薬代に消えてゆき、質屋から出して仕立て直した袷《あわせ》と下着とはふたたび質屋へやられ、節子の帯も同じ運命をたどった。医者は薬価の月末払いを承諾してくれない。

日記は「母の容態は昨今少し可いやうに見える。然し食欲は減じた」という記述で終わっている。

カツは三月七日、最愛の息子に看取られ、六十五歳で病没した。

土岐善麿の好意により、葬儀は土岐の生家である浅草の等光寺で営まれた。一禎は妻が死んだというのに、上京してこなかった。

啄木は光子に次のような手紙を書いた。

「俺も、母の死ぬよほど前から毎日三十九度以上の熱がでるが、床についていたため同じ家にいながら、ろくろく慰めてやることもできなかった。お前の手紙は死ぬ前の晩についた。とてもあれを読んで聞かせても、しまいまで聞いていれるような容態ではないので、節子が大略を話すと、お前から金が来たということだけがわかったらしかった。その晩、何時ごろだったかはよく記憶しないが、『みいみい』と二度呼んだ。『みいがいない』と言うと、それきり音がなくなったが、このほかに母はお前について何も言わなかった。

　翌朝、節子が起きてみたときには、もう手や足が冷たくなって、息はしていたが、いくら呼んでも返事がない。そこで俺も床から這いだして、呼んでみたが、やっぱり同じことだ。すぐ医者を迎えたが、その医者のいるうちにすっかり息が切れてしまった。お前の送った金は薬代にならずにお香料になった」（要約）

　四月に入り、啄木は重態に陥った。五日、室蘭の山本千三郎宅に身を寄せていた一禎は、このときになってあわてて上京してきた。

　十三日午前三時前、啄木は汗びっしょりで息ぎれがした。

「節子、節子、起きてくれ」

　枕元にやってきた節子は水を含ませてくれた。ほんの少し落ちついた。

「何か言うことがありますか？」

「お前には気の毒なことをした。早くお産して丈夫になり、京子を育ててくれ」

　節子は三人目の子を宿していた。

　いよいよ危篤状態になったと思った節子は、金田一京助と若山牧水に人力車を使わした。京助はその人力車に乗って久堅町の家へ急行した。

　これより十日ほど前、京助は『新言語学』を脱稿し、啄木を見舞いに訪れたが、あまりにやつれ果てた姿に驚いた。自宅にひき返すと、妻に残っていた十円を出させ、啄木の家にもどり、それを手渡した。啄木は片手を出して拝むような手真似をした。節子は畳の上に涙をぽたりと落とした。啄木は「こう永く病んで寝ていると、しみじみ人の情けが身にこたえる」と静かな口調で話した。

　京助は明治四十二年十二月に林静江と結婚してからというもの、啄木とは疎遠になっていた。前年四月に長女郁子が生まれたが、この年一月七日、急性肺炎で亡くなった。京助は愛娘を失った悲しみから癒《い》えていなかった。

　この時期、三省堂の百科大辞典編集所員として月給三十円で働いていたが、それだけでは生活費が足りず、国学院の講師として週に二時間、言語学の講師をしていた。一時間一円の時間給である。京助は支払いを終えて残った十円を、なかば強引に持ちだしたことから、妻から睨《にら》まれていた。この日は講義があるため、洋服を着て人力車に乗ってやってきていた。

　啄木はひどく面変わりしていた。啄木は京助の声を聞いて、目を開けた。

「頼む！」

　啄木はかすれた声で言った。京助は死霊《しりょう》でも前にしたように膝が泳ぎ、のめるよ

うに座りこんだ。節子が京助の心情を察し、

「早朝に、ご迷惑を……。昨晩一晩あなたを呼んでくれといってきかないものですから、今晩はもう遅いから明日の朝……となだめると、今朝はまた、夜中からそういってきかないものですから……」

などと小声で言った。

まもなく若山牧水がやってきた。

節子は昏睡《こんすい》している啄木に向かって、大きな声で「若山さんがいらっしゃいましたよ」と何度も呼びかけた。

やっと気づいた啄木は「こないだはありがとう」と言った。

啄木は東雲堂から第二歌集の稿料二十円を受けとっていた。出版の交渉をしたのは土岐善麿だが、土岐に働きかけたのは、啄木の窮状を知った牧水だった。第二歌集は六月二十日、『悲しき玩具』として出版される。

「君は丈夫な体でうらやましいね」

啄木が牧水の手や腕を見て言うと、牧水、京助、節子は顔を見合わせ、かすかにほほ笑んだ。啄木は牧水と話をしているうちに意識がしっかりしてきた。病気が治ったら出そうと思っている雑誌の話までした。

京助は洋服を着ていた。それに気づいた啄木は、

「今日は土曜日で学校の日でしたね。どうかいらしてください」と、気をつかって言った。

京助は迷ったが、これなら大丈夫と思い、「では、ちょっと行ってきます」と言って、立ちあがった。啄木は会釈で見送った。

啄木は食べ物を受けつけなくなっていた。

節子は、啄木が好きだったイチゴのジャムをスプーンにとり、口に運んだ。ジャムを舌にのせた啄木はゆっくりと味わった。

「あまり甘いから田舎に住んで、自分でつくって、もっとよくこしらえようね」やさしく語りかけると、節子はたまらず声をあげて泣いた。

その直後、啄木の容態は悪化した。

牧水は頼まれて郵便局に行き、関係者に危篤の電報を打った。帰ると昏睡状態が続いていた。節子は口うつしに薬を注いだり、唇を濡らしたり、名前を呼んだりしていた。啄木は反応しない。

牧水は京子がいないのに気づいて外に出た。京子は散り落ちた桜の花を拾って遊んでいた。京子を抱いてひき返すと、節子と一禎が前後から啄木を抱き抱え、嗚咽《おえつ》していた。

一禎は牧水に「もう駄目です。臨終の模様です」と告げると、傍らの置時計を手に取り、「(午前) 九時半か」とつぶやいた。

啄木が二十六年と二か月の生涯を閉じた瞬間であった。高い理想を持ちながら、それを果たせなかった、あまりにも短かすぎる人生だった。


その夜、節子は激しく咳こんだ。節子は京子とともに隣りの部屋に寝て、父一禎と若山牧水の二人が遺骸に添い、夜を明かした。翌十四日は金田一京助と佐藤真一が弔問客の接待役になってくれた。

葬儀は四月十五日午前十時から、母カツと同じように浅草の等光寺で営まれた。葬列は廃し、あらかじめ棺は節子、京助、佐藤、土岐善麿らが添い、本堂に運びこまれた。会葬者は夏目漱石、太田正雄(木下杢太郎)、北原白秋、佐佐木信綱、東京朝日新聞社の社員ら四、五十人だった。

葬儀のあと、棺は町屋の火葬場に運ばれた。待合室に残ったのは、金田一京助と佐藤真一の二人だけだった。

火葬場の煙突からは煙がたちのぼる。煙は空へと吸いこまれていく。

青空に消えゆく煙
さびしくも消えゆく煙

われにし似るか

飛行機

見よ、今日も、かの蒼空に
飛行機の高く飛べるを。

給仕づとめの少年が
たまに非番の日曜日、
肺病やみの母親とたった二人の家にゐて、
ひとりせっせとリイダアの独学をする眼の疲れ…

見よ、今日も、かの蒼空に
飛行機の高く飛べるを。

エピローグ　それぞれの旅路

啄木の初七日が過ぎて三日目、一禎は室蘭へ帰ってしまった。節子は京子と二人きり、東京にとり残された。

途方に暮れた節子は光子を介して知りあった宣教師ミス・サンダーから、千葉県安房郡北条町（現・館山市北条）で奉仕活動をしているイギリス人のコルバン夫人を紹介され、彼女の世話になることにした。節子は啄木が愛用した小机、ただひとつの書棚、青塗りの瀬戸火鉢を近所の古道具屋にひきとってもらった。

四月二十八日の夕方、節子は京子をおんぶし、夕飯代わりのソバを注文するためにでかけた。ほんの十分ほどして帰ってみると、衣類や旅先で使う小物など全財産を詰めこんだ柳行李がなくなっていた。空き巣に盗まれたことがわかり、節子は呆然と玄関に座りこんでしまった。

そこへ土岐善麿がやってきた。土岐が「どうしたのです?」と訊《き》くと、節子はいきなり泣きだした。

三十日夜、節子と京子は土岐の支援を受け、霊岸島《れいがんじま》（現・中央区新川）の旅館に投宿した。五月一日には、ミス・サンダーの紹介で、築地の聖路加病院で診察を受けた。二日、節子は京子を連れ、霊岸島から小さな汽船に乗った。

汽船は東京湾を南下してゆく。節子と京子はその日のうちに北条町の八幡海岸にある片山かの宅の離れに入った。

六月十四日、節子は二女を産んだ。房州で生まれたことから、房江《ふさえ》と名づけた。六月末、函館にいる実家からお金が送られてきた。節子はすぐにでも函館へ行きたかったが、節子は「(啄木が死んでも)絶対に函館には行きません」と約束していた手前、それができずにいた。だが、病弱なうえに乳飲み子までいる。いつまでも北条町で暮らしているわけにはいかなかった。

七月三十日、明治天皇が崩御《ほうぎょ》し、大正と改元された。

八月十五日、節子は京子と房江を連れて北条町を離れ、東京へもどった。土岐善麿の好意で旅費を整えると、いったん盛岡へ向かった。盛岡に着くと親類まわりなどをしながら、ほぼ二週間を過ごした。

この間、節子は函館にいる忠操に手紙を出し、啄木らの遺骨の扱いについて相談した。啄木は生前、渋民に改葬してほしいと頼んでいたのだろう。

忠操は、室蘭の山本家にいる一禎に手紙で問い合わせたが、「今さらそんなことを言うてよこされても困る。そちらで適当にしてくれ」といった返信をもらい、その旨を節子に伝えた。

病弱の節子はこれ以上、盛岡にいられなかった。これが見納めとなると思い、盛岡の景色を瞼の裏に刻み、北へ向かう汽車に乗った。

九月四日、節子と二人の娘は函館に着いた。

堀合一家は富岡町五番地の事務所を自宅代わりにして住んでいた。事務所は部屋が少なく、節子の病気が病気だけに、節子と娘二人は二日間だけ居たあと、家人が見つけておいた青柳町三十二番地の二戸建ての借家へ移った。

節子と娘二人の世話は、もっぱら母とき子と妹の孝子がした。たまには、節子よりも十五歳も若い弟の了輔がミルクや果物を届けてくれた。

節子は病気が進んだことから、年の暮れに市役所裏の豊川病院に入院した。

大正二年（一九一三）三月、節子から依頼された函館図書館主事の岡田健蔵が上京し、浅草の等光寺に保管されていた啄木、母カツの遺骨、了源寺にあった真一の遺骨をひきとり、図書館に仮安置した。

肺結核に罹っていた節子は手厚い看護のかいもなく、啄木の死から一年後の五月五日朝、豊川病院において死去した。

亡くなる前、両親や義弟の宮崎郁雨らが見守るなか、

「もう死ぬから、皆さん、さようなら」

と言って目をつむった。二、三分して、ふたたび目を開いた。

「なかなか死なないものですねぇ」

そのときにはもう、誰もが泣いていた。

「皆さん、さようなら」

そう言って目を閉じた。享年二十七であった。

節子の四十九日にあたる六月二十二日、宮崎郁雨らが京子の名前で墓地を買い求めていた立待岬《たちまちみさき》の共同墓地に、カツ、啄木、節子、真一の遺骨が埋葬された。

大正十五年（一九二六）八月一日、宮崎郁雨により、立待岬に「啄木一族之墓」が建立される。


節子の遺児二人は、堀合家にひきとられた。

堀合夫妻はこのとき三女孝子、二男了輔、六女ろく子、三男克己と暮らしていた。そこに新たに京子と房江が加わり、大所帯となった。

孝子は盛岡郵便局で働いた経験を活かし、近くの大町郵便局に勤めていた。節子を介護していたせいか、大正七年、肺結核で亡くなった。享年二十八。

翌年十二月には、母とき子が死去した。忠操はこのとき六十歳だったが、後添をもらうことなく子供と孫を養育することにした。

京子は弥生小学校から女子小学校を経て、遺愛女学校へ進学した。在学中、肺カタルに罹ったが、幸い悪化はしなかった。大正十三年ごろ、北海タイムスの函館支局の記者をしていた須見正雄と恋に落ちた。

忠操は二人の結婚の承諾を得るため、啄木の父一禎の居所を探したが、すでに室蘭にはおらず、どこにいるのかわからなかった。そこで、九州にいた光子に訊ね、ようやく京都にいることをつきとめた。忠操は、どこか啄木の性格に似て奔放《ほんぽう》な京子の行状《ぎょうじょう》や縁談の経緯などを記した長文の手紙をしたためたうえ、まったく同じ内容の写しを書いて手元に置いたうえで、投函した。

かつて啄木と節子の結婚に反対した忠操だったが、このころになってようやく啄木に対する考えを改めるようになっていた。

というのも、啄木の死後、歌集だけでなく小説『我等の一団と彼』が刊行されるなど、文学的な評価が高まっていた。

忠操のもとには、土岐善麿らが編集した『啄木全集』三巻（大正八年四月から大正九年四月、新潮社）の印税として二千八百円もの大金が送られてきていた。

忠操は二百円を遺児二人のために使ったあとは、遺児の結婚、石川家再興のために二千六百円を第一銀行に預けていた。その利子だけで二人の教育費の半分ほどをまかなうぐらいの収入があった。

京子は大正十五年（一九二六）四月十七日、須見正雄と結婚した。須見は結婚を機に石川と改姓した。

昭和二年（一九二七）二月二十日、くしくも啄木の誕生日に、一禎は山本千三郎の転任地だった高知市で永眠した。享年七十三。一禎は生涯で四千首近い短歌を詠んでいる。遺骨は正雄により立待岬の墓地に埋葬された。

京子はこの年に長女晴子、昭和四年には長男玲児をもうけた。翌五年春、正雄が留学先のパリから帰国したあと、一家をあげて上京し、目白に居を構えた。

房江は弥生小学校を経て、昭和三年に聖保禄女学校（現・函館白百合学園高等学校）を卒業したが、病気がちで入院生活を送っていた。京子たちと上京後、神奈川県茅ヶ崎の南湖院に入院した。南湖院は国内有数の結核療養病院であり、国木田独歩も入院していたことがあった。

京子と正雄は左翼的な消費組合運動をしたり、かつて啄木がしたためた詩稿ノートと同じタイトルの月刊誌『呼子と口笛』を発行したりした。京子は啄木と節子の遺志を受け継いだかのように短歌（三行書き）を詠んでいた。

ところが、臨月を迎えた京子は風邪がもとで急性肺炎に罹り、十二月六日夜に他界した。享年二十四。姉の急死を知らされた房江は容態が急変し、姉を追うように二週間後の十九日、十九歳の若さで死亡した。

函館にいた忠操は翌六年七月十日、七十四歳で亡くなった。

啄木の次姉トラは昭和二十年二月十四日、滋賀県大津市において六十七歳で、夫の千三郎は同年三月二十三日、七十五歳で死去した。

妹の光子は大正二年、名古屋の聖使女学院を卒業すると、婦人伝道師として札幌、徳島、久留米（福岡県）、東京などで宣教活動をしたのち、大正十二年に牧師の三浦清一（のちに兵庫県会議員）と結婚した。昭和三十七年七月十日に夫が死去すると、夫が経営していた神戸愛隣館の館長として、恵まれない少女の指導に携わった。昭和四十三年（一九六八）十月二十一日、八十歳で他界した。

おわりに

昨今、「力」という字のついた表題の本が話題になっている。それだけ、現代人は生きるうえでの指針、示唆《しさ》となるようなものを求めているのかもしれない。

かりに「啄木の力」と呼ぶものがあるとすれば、人をあざむき、傷つけ、自らも苦しみながら、それでも明日に繋がる青春の暗いトンネルを抜けだそうとあがいた姿そのものであろう。どんなに世の中が変わっても、人は恋愛、友情、家族のことなどで思い悩み、人生の意味を自問自答し、自分の存在に懐疑的になり、社会の矛盾に葛藤する。啄木は明治という時代と格闘して生きた。

科学技術が驚異的に進み、国際化した現代においても、一皮めくれば明治時代と本質的な部分ではさほど変わっていない社会構造があり、人々の置かれた境遇というものは似たり寄ったりではないかと思うときがある。

啄木は二十六年二か月の生涯で、全集が発刊されるほど多くの作品を残した。短歌、詩、小説、評論だけでなく、書簡や日記までが優れた文学として評価されている。それらが世界各国に翻訳され、今も愛読されている作家はまれである。

せめて、あと十年生きていたら……と、つい思ってしまう。

啄木については毀誉褒貶《きよほうへん》が激しい。ある人は欺瞞的《ぎまんてき》な生き方にうんざりし、反面教師ととらえるかもしれない。ある人は人間としての成長の過程を自分に照らしあわせて明日への力を得るかもしれない。それは読者に委ねることとしよう。

啄木に関した書物は数多いが、以前から啄木の生涯をわかりやすく、短歌も味わいながら読める評伝を書いてみたいと思っていた。なお、本書は平成十七年（二〇〇五）六月から翌十八年八月まで、産経新聞北東北版に連載した「啄木情話」を大幅に改稿したものである。

刊行にあたり、絵本作家の澤口たまみさん、イラストレーターのナカムラユウコウさん、近代文学研究家の森義真さん、高校時代からの友人で盛岡出版コミュニティー代表の栃内正行さんに、たいへんお世話になった。この場を借りて心より感謝申しあげる。

松田十刻

平成二十一年十月

再刊にあたって

この本は、もりおか文庫第一弾として、平成二十一年（二〇〇九）十一月に刊行された。発刊後、さまざまな人たちから「啄木について知りたかったことがわかりやすく書かれてあった」「啄木に抱いていた、だらしないダメ男のイメージが変わった」など、総じて好意的な感想をいただいた。

増刷分も品切れになってからというもの、再刊を求める声もあったが、昨今の厳しい出版事情に鑑み、とりあえず電子書籍として提供することにした。ところが、日本ではまだまだ発展途上の段階にあるらしく、今のところ期待していたような波及効果が見られないのが実情である。「やはり、紙の本で読みたい」という要望が依然として根強いのも事実である。

今回、ありがたいことに啄木生誕百三十年という節目の年に再刊されることになった。再刊にあたり、近代文学研究家で石川啄木記念館の館長でもある森義真氏に改めて校閲していただいた。この場を借りて感謝申しあげる。

平成二十八年十月

松田十刻

石川啄木　略年譜

明治十九年（一八八六）　二月二十日、岩手県南岩手郡日戸村（現・盛岡市玉山区日戸）の曹洞宗日照山常光寺に生まれ、一と名づけられた。父は石川一禎、母は工藤カツ（一禎の師葛原対月の末妹）。すでに夫妻には長女サダ、二女トラ（のちに通称トミ子）があった。当時、三人は工藤カツの戸籍。出生については、明治十八年十月二十八日、同年十二月の説がある。十月十四日、啄木の妻となる堀合節子が盛岡で生まれる。

明治二十年（一八八七）　三月、父一禎の転任に伴い、北岩手郡渋民村（現・盛岡市玉山区渋民）の宝徳寺に移る。

明治二十一年（一八八八）　十二月二十日、妹光子（戸籍ミツ）が生まれる。

明治二十四年（一八九一）　五月、学齢より一年早く岩手郡渋民尋常小学校へ入学。十月、長姉サダが田村叶に嫁ぐ。

明治二十五年（一八九二）　九月三日、カツの戸籍が石川家に移り、トラ、啄木、光子も石川姓になる。

明治二十八年（一八九五）　三月、渋民尋常小学校を卒業。四月、盛岡高等小学校（現・市立下橋中学校）に入学。

明治三十年（一八九七）　六月、予備校の育英学舎（現・江南義塾盛岡高等学校）に通う。八月、次姉トラは日本鉄道株式会社に勤務する山本千三郎に嫁ぐ。

明治三十一年（一八九八）　四月、岩手県盛岡尋常中学校（その後、校名は変わるが、通称の盛岡中学で知られる）入学。成績は百二十八人中十番。担任は冨田小一郎。同級に伊東圭一郎、二年に野村胡堂、三年に金田一京助。

明治三十二年（一八九九）　夏休みを利用し、初めて上京。上野駅に勤務する義兄山本千三郎宅に滞在し、東京見物をする。

明治三十三年（一九〇〇）　七月、冨田小一郎に引率されて大船渡、釜石に修学旅行。『明星』（発行元・新詩社）を読み、触発される。

明治三十四年（一九〇一）　二月、校内刷新を求める生徒によるストライキ事件。三月時点の成績は百三十五人中八十六番。四月、英語の独学をする「ユニオン会」を結成。節子との恋愛が深まる。

明治三十五年（一九〇二）　一月、八甲田山雪中行軍遭難事件の号外を売って得た義援金を足尾鉱毒事件の被災者に送る。四月、五年生に進級したが、四年生の学期末試験でカンニングを働いたとして譴責処分を受ける。七月、二度目の譴責処分。十月、『明星』に初めて短歌が白蘋の筆名で掲載される。盛岡中学を退学。月末に上京し、十一月、新詩社で与謝野鉄幹（寛）、晶子と会う。

明治三十六年（一九〇三）　下宿代を滞納するなど生活に行き詰まり、二月、父一禎に連れられて帰郷する。五月三十一日から七回、岩手日報に「ワグネルの思想」を連載。十一月、推挙されて新詩社同人。十二月、『明星』に初めて啄木の号で長詩「愁調」を発表。

明治三十七年（一九〇四）　二月、節子との婚約が成る。十月、初めて北海道に渡り、小樽駅長の山本千三郎宅に滞在。詩集刊行の目的で上京する。十二月、父一禎、宗費滞納の理由により、曹洞宗宗務院より住職罷免の処分を受ける。これを機に一家の生活は暗転する。

明治三十八年（一九〇五）　三月、一家は宝徳寺を出て、渋民村内に仮住まいしたあと、四月、盛岡市内に移転。五月、上京中の啄木は詩集『あこがれ』（小田嶋書房）を発刊。五月二十日、東京を発つが、仙台で途中下車し、土井晩翠の妻をだまして金を借りる。仙台を発つが、盛岡を過ぎて好摩へ。節子は三十日、新郎のいない結婚式を挙げた。六月四日、盛岡市帷子小路八番戸（現・中央通三丁目）の借家で新婚生活を始める。父母と光子も同居。二十四日、加賀野磧町四番戸（現・加賀野一丁目）へ転居。九月、文芸誌『小天地』を創刊。

明治三十九年（一九〇六）　一月、父一禎が青森県野辺地の常光寺にいる葛原対月のもとに身を寄せる。二月、一家の生活難を助けてもらうために函館の山本千三郎を訪ねるが、打開策は見出せなかった。秋田県鹿角郡小坂町にいた長姉田村サダが、肺結核により死亡。三月、妻節子と母カツを連れて渋民の斉藤家に転居。妹光子は盛岡女学校の教師に預ける。四月、一禎が帰郷、村内で石川再住派と反対派が反目する。渋民尋常高等小学校の代用教員に。月給八円。沼宮内町内で徴兵検査を受け、丙種合格（筋骨薄弱で兵役免除）。六月、田植え休暇を利用して上京、新詩社で夏目漱石などの小説を読む。帰郷後、小説家をめざして『雲は天才である』などを執筆。十二月二十九日、盛岡で節子が京子を出産（役場には翌年元旦の出生で届出）。

明治四十年（一九〇七）　三月、父一禎は再住を断念し、野辺地の葛原対月を頼って家出。四月、辞表提出。五月、一家離散。母カツを村内に残し、妻子を堀合家の実家に預け、啄木は光子を連れて函館へ。光子は中央小樽駅長の山本千三郎宅へ向かう。雑誌『紅苜蓿』の編集、函館商業会議所の臨時雇。六月、函館区立弥生尋常小学校の代用教員。月給十二円。女教師の橘智恵子と知り合う。七月、節子と京子、八月に母カツを迎える。その後、脚気療養のために光子が加わる。八月、宮崎郁雨の紹介で函館日日新聞の遊軍記者。八月二十五日夜、函館大火。九月、札幌の北門新報社記者の小国露堂の世話で同社校正係。妻子と母は小樽の山本千三郎宅に寄宿。小樽日報社に入社。小樽に妻子と母を呼ぶ。十月十五日創刊の小樽日報で野口雨情と三面を担当。十二月、社の内紛で退社。

明治四十一年（一九〇八）　一月、釧路新聞社に入社が決まり、単身赴任。月給二十五円。三面主任だが、実際は編集長格。料亭などで芸妓を知る。なかでも小奴と親しくなる。花柳界のゴシップ記事などを扱う「紅筆便り」にも筆をとる。四月、新聞社を退社。小樽の家族を函館に移したのち、単身で海路、東京へ。五月、森鷗外宅の観潮楼歌会に出席。吉井勇、北原白秋、平野万里らと知り合う。金田一京助が住む赤心館に同宿。六月、森鷗外や金田一京助の助力で出版社に小説を売りこむが、採用されなかった。二十三日から二十五日までに二百五十首近くの歌を詠む。九月、金田一とともに蓋平館別荘に移る。十一月一日、東京毎日新聞で小説「鳥影」の連載始まる（年末まで六十回）。上京してきた小奴と再会。

明治四十二年（一九〇九）　一月、啄木が発行名義人の「スバル」創刊。同誌に小説「赤痢」を発表。二月、東京朝日新聞社編集長の佐藤真一（北江）と会い、校正係として採用されることが決定。三月一日より出社。月給二十五円。四月三日から六月十六日までローマ字で日記をつける（のちに『ローマ字日記』と呼ばれる）。この間、浅草の私娼街に通った赤裸々な体験などを綴った。六月、家族が宮崎郁雨に連れられて上京、本郷区弓町の喜之床二階で暮らす。十月二日、義母との不和などに悩んでいた節子は、書置きを残したうえ、京子を連れて盛岡の実家へ帰る。啄木は激しいショックを受け、盛岡高等小学校恩師の新渡戸仙岳、金田一京助に助けを求める。節子と京子は二十六日に帰宅。この家出事件は啄木の生き方そのものに変革をもたらす契機となった。十一月三十日から東京毎日新聞に「弓町より（食ふべき詩）」を七回連載。十二月、父一禎が野辺地から上京、北海道にいる光子を除いて、ひさしぶりに一家で暮らす。

明治四十三年（一九一〇）　二月、評論「性急なる思想」を東京毎日新聞に連載。五月から六月、小説「我等の一団と彼」を執筆。六月五日、各紙が報じた大逆事件に衝撃を受ける。それ以降、社会主義思想の文献にあたるなど思想上の一大変革につながる。七月、入院中の夏目漱石を見舞う。九月、東京朝日新聞紙上に設けられた「朝日歌壇」の選者となる。十月四日、長男真一が誕生するが、二十七日に死亡。十二月、歌集『一握の砂』刊行。

明治四十四年（一九一一）　一月、土岐善麿（号は哀果）と会い、雑誌『樹木と果実』の創刊を計画する（四月、印刷会社の倒産などで断念）。大逆事件の特別判決に憤慨し、「日本無政府主義者陰謀事件経過及び附帯現象」をまとめる。二月、東京帝国大学附属病院で慢性腹膜炎と診断され、入院する。三月十五日に退院、自宅療養に入る。六月、病苦の節子が実家に帰省しようとした問題でトラブル。啄木は感情的になり、堀合家と義絶。七月、節子は肺カタルと診断される。八月七日、宮崎郁雨の援助により、小石川区久堅町に転居。九月三日、父一禎が家出、北海道の山本千三郎を頼る。宮崎郁雨から節子に宛てた手紙に激怒し、義弟（節子の妹ふき子と結婚）で親友の宮崎とも縁を切る。

明治四十五年・大正元年（一九一二）　病状は一進一退をくり返す。一月、母カツが喀血し、肺結核と診断される。三月七日、母カツ死亡。四月、啄木の重篤を知った父一禎が上京。十三日早朝、危篤状態となり、節子、一禎、友人の若山牧水に看取られ、午前九時三十分、永眠。享年二十七（満年齢二十六歳と二か月）。六月十四日、二女房江、千葉県で誕生。二十日、『悲しき玩具』刊行。七月三十日、大正と改元。九月、節子、遺児二人を連れて函館へ。

大正二年（一九一三）　五月五日、節子、肺結核で死亡。享年二十七。

主な参考引用文献

『石川啄木全集』筑摩書房
『回想の石川啄木』岩城之徳編　八木書店
『啄木写真帖』吉田孤羊　緑園書房
『人間啄木』伊東圭一郎　岩手日報社
『石川啄木入門』監修　岩城之徳　思文閣出版
『石川啄木』岩城之徳　桜楓社
『函館の砂』宮崎郁雨　東峰書院
『啄木と渋民』遊座昭吾　八重岳書房
『啄木と明治の盛岡』門屋光昭・山本玲子　川嶋印刷
『拝啓　啄木さま』山本玲子　熊谷印刷出版部
『夢呼ぶ啄木、野をゆく賢治』山本玲子・牧野立雄　洋々社
『啄木と釧路の芸妓たち』小林芳弘　みやま書房
『改訂版石川啄木入門　啄木と鉄道』太田幸夫　富士書院

『啄木挽歌―思想と人生―』中島嵩　ねんりん舎
『啄木その周辺　岩手ゆかりの文人』浦田敬三　熊谷印刷出版部
『石川啄木アトランダム』松本政治　盛岡啄木会
『石川啄木　―その釧路時代―』鳥居省三　釧路新書
『啄木とロシア』吉田孤羊　洋々社
『啄木　小説の世界』上田博　双文社出版
『晩年の石川啄木』七宮涬三　第三文明社・レグレス文庫
『啄木と賢治の酒』藤原隆男・松田十刻　熊谷印刷出版部
「啄木の短歌」望月善次　盛岡タイムス（連載）
『啄木歌ごよみ』財団法人石川啄木記念館
『啄木と岩手日報』財団法人石川啄木記念館
『文学探訪　石川啄木記念館』監修・石川啄木記念館　蒼丘書林
復刻『一握の砂』石川啄木記念館
復刻『悲しき玩具』石川啄木記念館
復刻『小天地』盛岡啄木会
複製（ノート）『呼子と口笛』盛岡啄木会
雑誌『啄木と賢治』（発行人・佐藤勝治）みちのく芸術社

著者紹介

松田十刻（まつだ じゅっこく）
昭和30年（1955）、岩手県盛岡市生まれ。立教大学文学部卒業。新聞記者、編集者、ライターなどを経て著述業に就く。小説や評伝など多彩な分野で執筆活動を続けている。
主な著書 『ダッハウへの道』（NHK出版）『ダビデの星』（徳間書店）『紫電改』（幻冬舎）『東条英機』『沖田総司』『乃木希典』『東郷平八郎と秋山真之』『撃墜王 坂井三郎』『角田覚治』（PHP文庫）『龍馬のピストル』（PHP研究所）『チャップリン謀殺指令』（新人物文庫）『山本五十六と米内光政の日本海海戦』『米内光政　海軍一軍人の生涯』『山口多聞』（光人社NF文庫）『武士』（光人社）『遥かなるカマイシ』『原敬の180日間世界一周』『めん都もりおか』（盛岡出版コミュニティー）。本名の高橋文彦で『颯爽と清廉に 原敬』『魂のイコン 山下りん』（原書房）などがある。

もりおか文庫 **26年2か月** 啄木の生涯

2009年11月1日　第1版第1刷
2010年6月20日　第2版第1刷
2016年10月11日　改訂再刊第1刷発行

著　者　松田十刻
発行者　吉田裕昭
発行所　謙徳ビジネスパートナーズ株式会社
〒020-0824　岩手県盛岡市東安庭2-2-7
TEL 019-651-8886　FAX 019-601-7795
発　売　盛岡出版コミュニティー
〒020-0824　岩手県盛岡市東安庭2-2-7
TEL&FAX 019-651-3033
URL http://moriokabunko.jp
印刷製本　杜陵高速印刷株式会社

ISBN978-4-904870-38-9 C0193